Karl Ernst Laage

Theodor Storms letzte Reise

und seine

„Sylter Novelle“

Verlag Boyens & Co.

Die Deutsche Bibliothek – CIP-Einheitsaufnahme

Laage, Karl Ernst:
Theodor Storms letzte Reise und seine „Sylter Novelle“ / Karl Ernst Laage. – Heide : Westholsteinische Verl.-Anst. Boyens, 1998
ISBN 3-8042-0820-7

ISBN 3-8042-0820-7

Gestaltung: Günter Pump
Herstellung: Westholsteinische Verlagsdruckerei Boyens GmbH & Co. KG, Heide
Printed in Germany

Inhalt

Theodor Storms Reise nach Sylt 6

Sein Aufenthalt in Westerland 16

Storm und die Sylter Sagen 26

Theodor Storms „Sylter Novelle" 32

Text der „Sylter Novelle" 36

Schauplätze der „Sylter Novelle" 44

Die vorzeitige Abreise 57

Sylt: Eine schöpferische Pause vor der Vollendung des „Schimmelreiters"? 59

Anhang: Sylter Sagen 62

Anmerkungen 70

Literatur- und Abkürzungsverzeichnis 74

Zur Textherstellung 75

Dank 76

Theodor Storms Reise nach Sylt

Schon im Jahre 1844, als junger Husumer Rechtsanwalt und begeisterter Sagensammler, hat Storm eine Reise nach Sylt geplant. Er wollte dort den Keitumer Lehrer und Organisten C. P. Hansen aufsuchen, um von ihm Sylter Sagen für eine mit Theodor Mommsen geplante Sagensammlung zu erbitten. Die Reise unterblieb damals, weil Hansen die Sagen nach Husum schickte (vgl. dazu S. 28).

1. Theodor Storm, 69 Jahre alt, ein Jahr vor seiner Reise nach Sylt aufgenommen (Storm-Archiv)

Aber auch in späteren Jahren, z. B. in den sechzehn Jahren, in denen Storm als Landvogt und Amtsrichter in Husum gelebt und einen Großteil seiner bekanntesten Novellen geschrieben hat (1864–1880), ist er nicht nach Sylt gekommen, obwohl diese Insel ja sozusagen „vor der Haustür", das heißt: in dem Husum vorgelagerten nordfriesischen Wattenmeer liegt.

Was veranlaßte Storm im August 1887, also kaum ein Jahr vor seinem Tode, von Hademarschen aus (wo er seit 1880 lebte) nach Sylt zu reisen? Wie aus Briefen an seine Tochter Elsabe (7. 5.) und an seinen Freund Schleiden (10. 5.) hervorgeht, hatte Storm Anfang Mai 1887 eine Einladung von dem Direktor des Westerländer Strandbades Dr. Pollaczek (vgl. S. 16) erhalten. Und er hatte diese Einladung positiv beantwortet. Er „denke" daran, so heißt es in diesen Briefen, „den August" „nach Sylt zu gehen", um „kräftiger wieder in den Winter zu kommen". Hintergrund der Sylt-Reise war also offenbar der gesundheitliche Zustand des Dichters.

Storm hatte den letzten Winter fast fünf Monate lang, vom Oktober 1886 bis zum Februar 1887, schwerkrank, z. T. bewußtlos, darniedergelegen. Sein Bruder Aemil, der Arzt, hatte zeitweise kaum Hoffnung für ihn gehabt[1]. Erst im Frühjahr 1887 konnte Storm das Bett verlassen, sogar eine neue Novelle, die Novelle „Ein Bekenntnis", beginnen. Er fühlte sich aber weiterhin „recht kümmerlich", mit so starken Schmerzen „an der linken Seite des Unterleibs" (an Heyse 7. 3. 87), daß er seinen Hausarzt Dr. Brinken bat, ihn noch einmal gründlich zu

untersuchen. Auf Drängen Storms, ihm „seine wahre Meinung mitzutheilen“, diagnostizierte Brinken Magenkrebs als Ursache der Leiden[2]. Diese Mitteilung hat Storm tief getroffen. Von der „Verkündigung des Todesurtheils“ durch Brinken und von einer „tödtlichen“ Krankheit spricht er in einem Brief an seinen Bruder[3].

Als die Familie die tiefe Niedergeschlagenheit Storms und seine Unfähigkeit bemerkte, die Novelle „Ein Bekenntnis“ zu Ende zu führen und am „Schimmelreiter“ weiterzuarbeiten, veranlaßte sie eine zweite Untersuchung, an der – neben Dr. Brinken – Storms „Doktorbruder“, Dr. Aemil Storm aus Husum, und dessen Schwiegersohn, Dr. Ludwig Glaevecke von der Universitätsklinik in Kiel, teilnahmen. Sie meinten (so Storm an seinen Sohn Karl am 5. 6. 87), daß es „kein Magenkrebs“ sei, „mit dem Magen überhaupt nichts zu thun“ habe; sie hielten die sich „glatt anzufühlende Geschwulst“ für die „Ausdehnung eines Zweiges der großen Aorta“.

Für Storm war dies eine „recht glückliche Lösung“[4]; er gewann seinen Lebensmut wieder zurück und entfaltete in den nächsten Monaten eine rastlose Tätigkeit: Er korrigierte die Druckfahnen seiner Novelle „Ein Bekenntnis“ (15.–21. Juni), besuchte seine Tochter Lisbeth und seinen Schwiegersohn Pastor Haase in Grube (5.–25. Juni), machte für eine Woche einen Abstecher nach Hamburg (bis 2. Juli), verbesserte mit Hilfe von Dr. Glaevecke eine wichtige Stelle in der Novelle „Ein Bekenntnis“ (bis 12. Juli) und las noch einmal Korrektur dieser Umarbeitung (17. Juli)[5]. Die rastlose Tätigkeit in dieser Zeit und die termingenaue Planung der Monate Juni und Juli deuten auf eine innere Unruhe hin, der offenbar uneingestandene Zweifel an der Diagnose, sein Leiden sei kein Magenkrebs, zugrunde lagen und aus der das Bestreben resultierte, die „noch vergönnte Zeit“ zu nutzen[6]. Von hier wird der Entschluß, nach Sylt zu gehen, verständlich: Storm hoffte, dort Ablenkung finden und Anregungen empfangen, aber auch Kräfte sammeln und so die innere Unruhe besiegen zu können.

Ein Anstoß zur Sylt-Reise ist wohl auch davon ausgegangen, daß Storm in der letzten Zeit mit dem „Schimmelreiter“ nicht recht vorangekommen war. Am 4. Mai konnte er seinen Verleger Paetel in Berlin noch schreiben, daß der „Schimmelreiter“ ein „wunderlich, mir angenehmes Kapitel“ erhalten

2. Storms Altersvilla in Hademarschen: Ausgangspunkt der Sylt-Reise (Storm-Archiv)

habe und daß er rechne, „über Sommer“ 1887(!) mit dieser „eigenthümlichen“ Arbeit „fertig zu werden“[7]. Doch dieser Optimismus verflog schnell. Schon die Nachricht an Paetel vom 8. Juni aus dem Kirchdorf Grube (wo er seine Tochter Lisbeth besuchte), daß er „alle Woche“ an der Novelle „4 oder 5 Mal ein Stückchen“ schreibe, klang eher wie eine Verleger- und Selbstberuhigung, zumal er hinzufügte, daß „allerlei Brust- und Magenkrampf“ ihn „sehr im Arbeiten beschränke“[8]. Am 22. Juni schreibt er demselben sogar, daß er „acht Tage ... ganz unfähig“ gewesen sei[9]. In einem Brief an seinen Hamburger Freund Schleiden am 5. Juli ist von „verwirrenden Arbeiten“ die Rede, mit denen er „ohne auswärtige Correspondenz nicht weiter“ kommen könne. Und 14 Tage später muß er seinem Verleger dann eingestehen, daß die Arbeit am „Schimmelreiter“ nur „langsam vorrücke“: „Der Elan[10] zum Arbeiten“ fehle, „ohne den es nichts wird“[11]. Der Dichter also brauchte neue Anregungen, neue Anstöße, neuen Elan. Das erwartete er von dem Sylt-Aufenthalt.

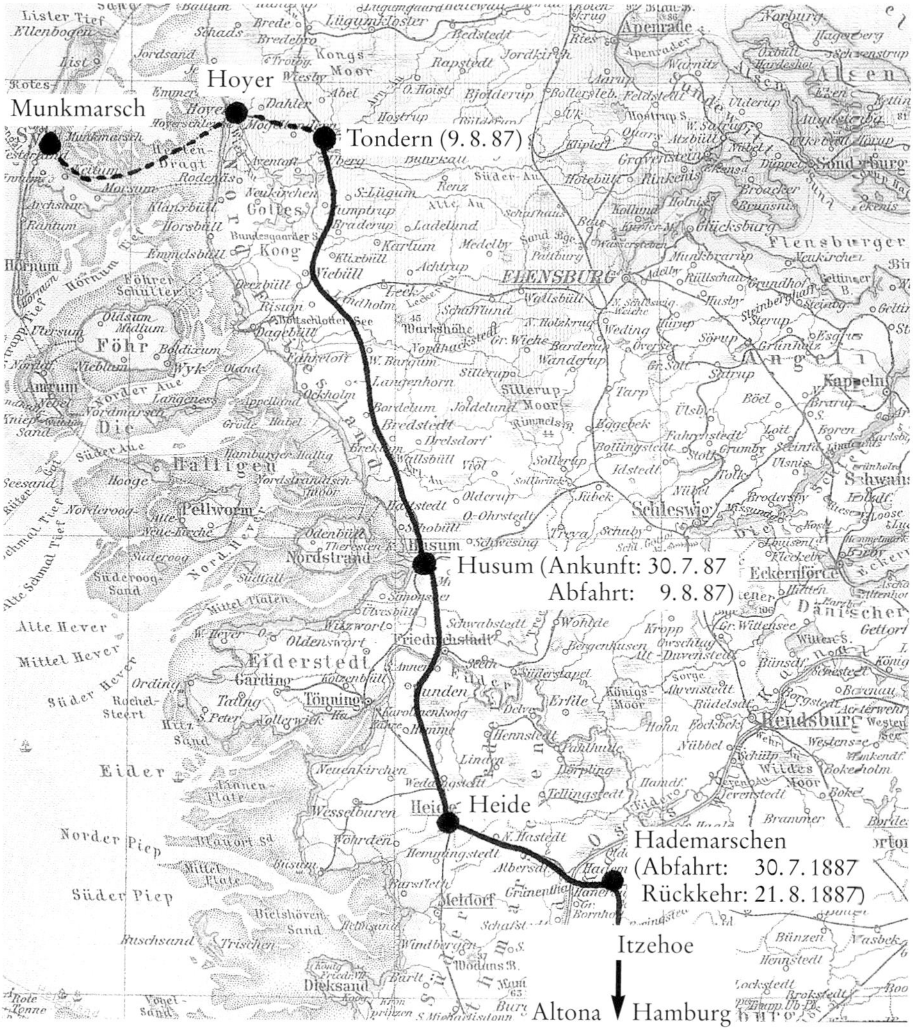

3. Storms Reiseweg (Übersichtskarte)

Außerdem ist noch folgendes zu bedenken: Im zweiten Teil der „Schimmelreiter"-Novelle waren vermehrt Meeres- und Deichszenen zu konzipieren. Storm aber lebte in Hademarschen eher in einer Eichendorffschen Wald- und Wiesenlandschaft[12] ohne unmittelbaren Kontakt zu der Meeres- und Marschenatmosphäre, die ihn von Jugend an fasziniert hatte[13]. Da konnte ein mehrwöchentlicher Aufenthalt auf Sylt, unmittelbar am Meer, alte Vorstellungen wachrufen und neue Eindrücke vermitteln – eine Voraussetzung für fruchtbare Arbeit an entsprechenden Szenen im „Schimmelreiter".

Aber Storms Reise nach Sylt war auch eine Reise in die Vergangenheit, zu den Quellen seiner Dichtkunst. Denn mit dem Sammeln und Purifizieren von Sagen hatte er seine schriftstellerische Laufbahn begonnen: Am Sagenstil hatte er seine frühe Prosa geschult, und Sagenmaterial hatte er in zahlreichen Novellen verwendet (vgl. S. 29 f.). Vielleicht glaubte Storm aus dieser Quelle neue Kraft schöpfen zu können für die schwierige Arbeit am zweiten Teil der „Schimmelreiter"-Novelle.

Natürlich hatte die Sylt-Reise auch vordergründige praktische Zwecke. Sie gab ihm die Möglichkeit, auf der Hinreise seinen Sohn Ernst, der sich gerade in Husum als Rechtsanwalt und Notar niedergelassen hatte, zu besuchen, seine Tochter Lucie auf Sylt in die höhere Gesellschaft einzuführen und bei Dr. Pollaczek alte Bekannte wiederzusehen.

Am 30. Juli 1887 hat Storm dann seine Altersvilla in Hademarschen verlassen (Abb. 2)[14] und ist mit der sog. Marschbahn Richtung Norden aufgebrochen. In Husum hat er 10 Tage Station gemacht, um seinen Sohn Ernst und dessen Familie zu besuchen. Außerdem wollte er im Hause seines Bruders Dr. Aemil Storm an der Hochzeit von dessen Tochter Margarethe teilnehmen; sie heiratete den Storm schon bekannten (s. o.) Kieler Assistenzarzt Dr. Glaevecke.

Auf dem Husumer Bahnhof wurde der Dichter von seinem jungen Freund Ferdinand Tönnies, dem späteren Soziologie-Professor, empfangen und ist mit ihm in einer von seinem Sohn Ernst bereitgestellten Kutsche zum „Bureau" seines Sohnes gefahren, der seine ersten Geschäftsräume als Rechtsanwalt und Notar über der „Einhorn-Apotheke" am Markt eingerichtet hatte (Abb. 4)[15]. Von da ging es weiter nach Osterhusum, wo die Familie eine Wohnung gefunden hatte. Der Dich-

ter bekam – wie er es wünschte und liebte[16] – eine eigene Stube und darin ein „Tischchen", wahrscheinlich, um Gedanken zum „Schimmelreiter" zu Papier bringen zu können. Außerdem benutzte er seinen Husum-Aufenthalt, um „bei Topf", einem bekannten Haushaltswarengeschäft, „zwei volle Dutzend" von den „feinen Weingläsern" für die Feier seines 70. Geburtstages (14. 9. 87) zu bestellen. Vor allem ließ er sich noch einmal von seinem Doktor-Bruder untersuchen. Der fand – wie Storm seiner Frau berichtet hat (6. 8. 87) –, daß das Geschwür „kleiner" geworden sei, und sagte: „Daß das Dein Leben verkürzen sollte, glaub *ich* nicht."

4. Die „Einhorn-Apotheke" am Husumer Marktplatz (Haus am linken Bildrand); in der oberen Etage befand sich das „Bureau" des Rechtsanwalts und Notars Ernst Storm, des zweitältesten Sohns des Dichters, wo dieser seinen Sohn aufsuchte (Storm-Archiv)

Am 9. August hat Storm von Husum aus mit seiner Tochter Lucie, die aus Hademarschen nachgekommen war, die Reise nach Sylt angetreten. Um von Husum nach Sylt zu kommen, gab es damals – der „Hindenburgdamm" besteht ja erst seit 1927 – zwei Möglichkeiten. Man konnte mit dem Schiff von

5. Hoyer-Schleuse, Ausgangspunkt für die Überfahrt nach Munkmarsch (Sylt); zeitgenössisches Foto (Storm-Archiv, mit Genehmigung von H. J. Stöver)

Husum nach Föhr fahren, dort übernachten und am nächsten Tag nach Sylt weiterreisen. Diese Reiseroute hat z. B. Wilhelm Raabe im Jahre 1867 benutzt (während seines Aufenthalts in Husum wollte Raabe einen Besuch „beim Landvogt Storm" machen; dieser jedoch war gerade verreist; Raabe konnte nur seine „Karte" in der Wasserreihe 31 abgeben)[17]. Für die Reiseroute Husum–Föhr–Sylt hatte sich ursprünglich – wie aus Briefen an Tönnies und Frau Do hervorgeht[18] – auch Storm entschieden. Die zweite Möglichkeit, von Husum nach Sylt zu kommen, war weniger umständlich (ohne Übernachtung) und schneller: Man fuhr mit der Eisenbahn nach Tondern (das damals ja noch zu Deutschland gehörte), mit der Kutsche ins nahegelegene Hoyer-Schleuse (Abb. 5) und von dort mit dem

Schiff nach Munkmarsch (vgl. Abb. 6), einem kleinen, am Wattenmeer gelegenen Ort, wo Kutschen zum Transport nach Westerland bereitstanden (Abb. 7).

Storm hat dann doch die kürzere und bequemere Reiseroute „über Tondern“ gewählt. Die Überfahrt von Hoyer-Schleuse nach Munkmarsch allerdings war „stürmisch“, und Storms Tochter Lucie, genannt Lute, war „seekrank“ (Tagebuch 12. 8.). Storm selbst aber hat die Schiffsreise offenbar – im Gespräch mit dem Staatsrat Bülow und seiner Frau – gut überstanden (Brief an Frau Do 16. 8.).

In Munkmarsch gab es einen richtigen „Empfang“ für den Dichter. Hier erwarteten ihn sein Berliner Verleger Elwin Paetel (Abb. 8) und der Direktor des Westerländer Strandbades Dr. Pollaczek (Abb. 9), „zu Pferde“, wie Storm ausdrücklich vermerkt. Mit der Kutsche wurde er „zu letzterem ins Quartier gebracht“ (Tagebuch 12. 8.).

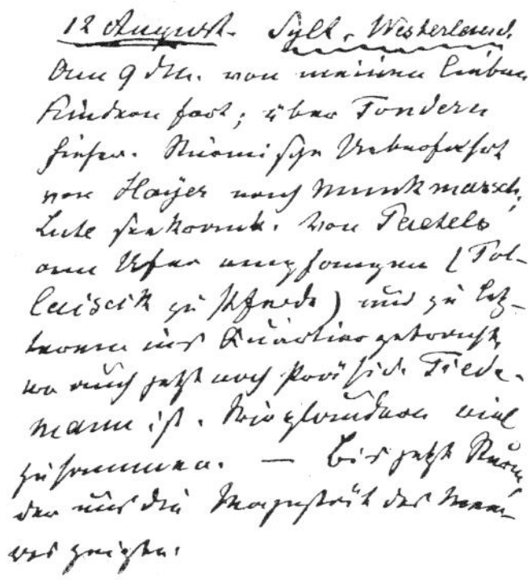

12. August. Sylt, Westerland. Am 9. d. M⟨onats⟩ von meinen lieben Kinder fort; über Tondern hieher. Stürmische Ueberfahrt von Hoyer nach Munkmarsch; Lute seekrank. Von Paetels am Ufer empfangen (Pollaczek zu Pferde) und zu letzterem ins Quartier gebracht, wo auch jetzt noch Präsid. Tiedemann ist. Wir plaudern viel zusammen. – Bis jetzt Sturm, der uns die Majestät des Meeres zeigte.

10. Auszug aus Storms Tagebuch. Notizen zu seiner Ankunft auf Sylt: „12. August, Sylt, Westerland“ (Schleswig-Holsteinische Landesbibliothek Kiel)

6. Raddampfer „Sylt“, Schiffsverbindung zwischen Hoyer (Festland) und Munkmarsch (Sylt). Storm im Tagebuch: „Stürmische Überfahrt, Lute seekrank“ (Sammlung Haselbach, Westerland)

7. Ankunft der Kurgäste in Munkmarsch auf Sylt. So – mit der Kutsche – wurde Storm am 9. August 1887 nach Westerland gebracht (Storm-Archiv)

Sein Aufenthalt in Westerland

Storm ist – wie wir aus einem Brief an seine Tochter Elsabe wissen (7. Mai 1887) – „auf Pollaczeks Einladung“ nach Sylt gegangen. Dr. Julius Pollaczek stammte aus Ungarn (geb. 1850). Er war zuerst in Hamburg als beeidigter deutsch-ungarischer Dolmetscher sowie als Redakteur verschiedener Zeitungen tätig. Im Jahre 1884 hat er dann das Westerländer Strandbad „mit Zubehör“ für 365 000 Mark erworben und leitete es bis 1891 als „Badedirektor“[19]. Er war verheiratet mit Elise, geb. Tiedemann, die seit den 60er Jahren mit Storms Tochter Lucie befreundet war. Von daher hatten sich enge Beziehungen zwischen Storm und den Pollaczeks ergeben; 1883 hatte Storm sogar Pate gestanden bei der Taufe ihres Sohnes Roland[20].

8. Theodor Storms Berliner Verleger Elwin Paetel, der ihn in Munkmarsch empfing (Storm-Archiv)

Nach seiner Ankunft in Munkmarsch hat Pollaczek Storm „ins Quartier“ gebracht; d. h. in das Haus, das der Badedirektor bewohnte und das direkt an den Westerländer Dünen lag (etwa dort, wo heute das Schwimmbad und das Kurmittelhaus stehen; vgl. die Übersichtsskizze Abb. 11). Einen entsprechenden Vermerk finden wir in der „Fremden-Liste“ der „Sylter Kur-Zeitung“ vom 9. August 1887 (Abb. 12): „Th. Storm und Tochter Lucie, Amtsgerichtsrath a. D., Hanerau. Wohnung (Logis): Director Pollaczek“. In demselben Hause war noch ein weiterer Gast untergebracht: Präsident Christoph v. Tiedemann (vgl. Abb. 24), seit 1878 Chef der Bismarckschen Reichskanzlei, seit 1881 Regierungspräsident von Bromberg (1864 als Landvogt in Stapelholm Storms Kollege).

9. Dr. Pollaczek, Direktor des Westerländer Strandbades, der Storm eingeladen hatte (Sylter Archiv)

Wie es damals in Westerland aussah, erfahren wir von einem der Badegäste, von Julius Rodenberg, dem späteren Herausgeber der „Deutschen Rundschau“ und Verleger Storms. Er schreibt in seinem Buch „Stillleben auf Sylt“ (1. Aufl. 1859, 3. Aufl. 1876): „Menschen gehen wenig am Strand. Die tiefe Einsamkeit desselben wird selten nur gestört“. Wenn der Blick „südwärts auf die weite, breite Heide“ geht, sieht man nur „einzelne Häuser“ (S. 54). Tatsächlich war das Gebiet zwi-

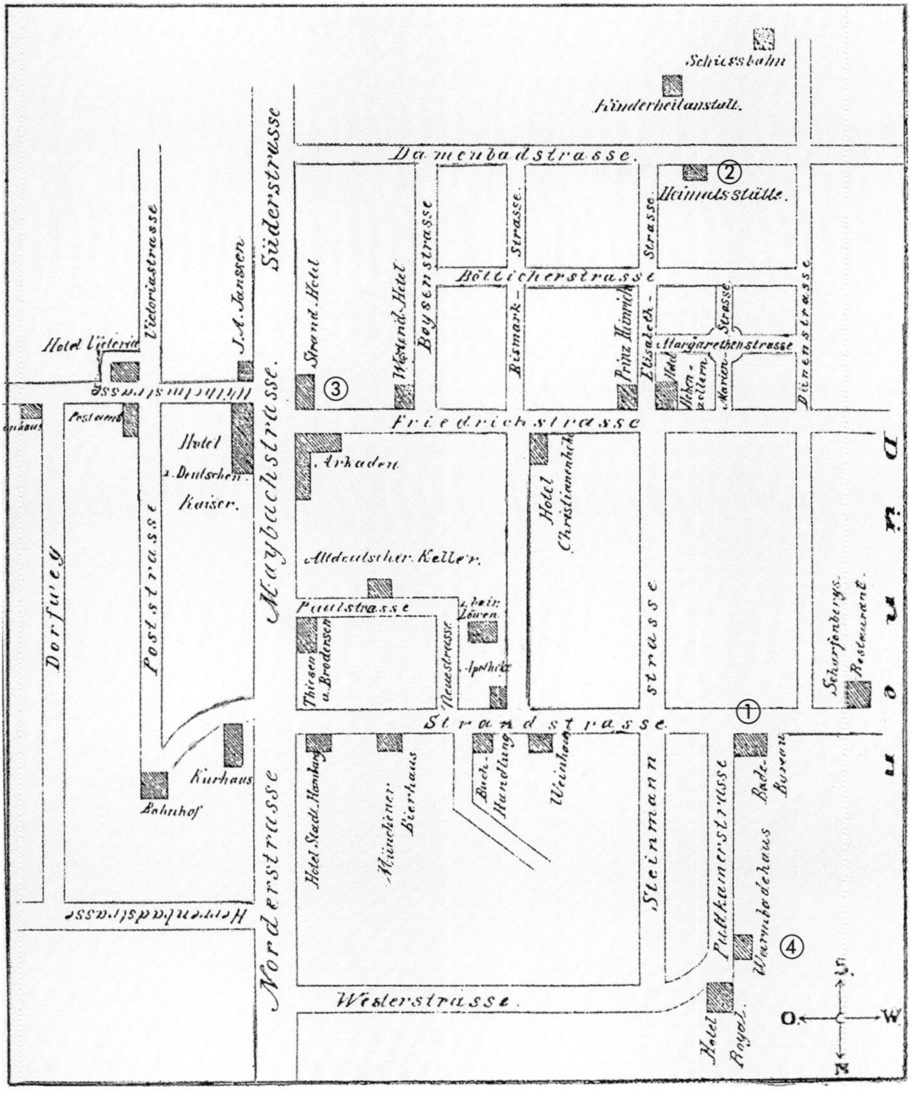

11. Westerland/Sylt, Strandbad. Alte Übersichtsskizze (Sylter Archiv; Ausschnitt). Zustand zu Storms Zeit (etwa 1890). ① Wohnung des Badedirektors Dr. Pollaczek, bei dem Storm zu Gast war. ② Heimatstätte für Heimatlose (Friedhof seit 1855). ③ Strandhotel (heute: H. B. Jensen-Kaufhaus). ④ „Warmbadehaus".

Sylter Kur-Zeitung

Nr. 24. | Westerland, Mittwoch, den 10. August 1887 | 2. Jahrg.

Redaktion, Druck und Eigenthum der Seebade-Direction, Westerland.

Fremden-Liste.

Monat u. Tag der Ankunft.	Namen, Stand und Wohnort der Kurgäste.	Personenzahl.	Logis.
	Frau Bertha Dietrich und Nichte Frl. Martha Kniehase,	1	
	Gr. Lichterfelde bei Berlin	1	
	„ Fanny Cohen und Sohn, Hamburg	2	Wwe. Fock
	Herr Rob. Reinhold m. Familie, Guts- u. Kohlenwerkbes., Bokwa, S.	4	Schwarz.
	„ Reuter und Frau, Pastor, Viöl b. Husum	2	Frensens Wwe.
	„ v. d. Marwitz, Regier.-Referendar, Berlin	1	Westend-Hotel.
	„ C. Schmitz und Frau, Kaufm., Hannover	2	Brügmann
	„ Dr. Hinschius, Geh. Justizrath und Universitätsprof., Berlin	1	Villa Roth
	„ Jeatzsch, Landrath, Paderborn	1	W. Martensen.
	„ G. Piderit, Pastor, Schötmar (Lippe)	1	A. H. Cordt.
	„ S. Friedlaender und Tochter, Rentier, Berlin	2	J. Steen.
	„ Wolf von Ziegler und Klipphausen, Lieutenant der Landwehr-Kavallerie, Greifswald	1	
	„ Paul Aßmann, Amtsrichter, Frankenstein i. Schlesien	1	Kurhaus.
	„ Ernst Toeche, Verlagsbuchhändler, Berlin	2	do.
	„ v. Bülow m. Familie, Landrath, Eckernförde	4	C. Peters
	Frau Minna Krämer und Sohn, Gutsbes.-Gattin, Uffenheim, Bayern	2	Helfrich.
	Herr F. Jüdell, Berlin	1	Brügmann.
	„ E. A. Steglich, Archidiakonus, Auerbach i. Voigtl.	1	C. Ohlsen
	„ Louis Thormann, Cöthen (Anhalt)	1	Wwe. Frensen.
	„ P. Rothschild, Kaufmann, Eisenach	1	Wolf.
	„ Ludw. Staude, do. Malchim	1	do.
	Frau Dr. Willbrand, Frankfurt a. M.	1	Strand-Hotel.
	Herr Dr. Aug. Harnier, Landrichter, Frankfurt a. M.	1	Hotel Victoria.
	„ Dr. Liebschütz, Arzt, Hamburg	1	do.
	„ Dr. phil. C. Goepel, do.	1	do.
	„ Weber, do.	1	do.
	„ Paul Ließke, do.	1	do.
	„ Aug. Münster, Kaufmann, Nordhausen	1	do.
	„ B. Würkert mit Familie, Director, Dresden	4	do.
	„ Louis Heimann, Berlin	1	do.
	Frau Helene Herrmann mit Familie, Karlsruhe	3	P. L. Nielsen
	Herr Ferdinand Götz, Kfm, Augsburg	1	Chr. Nielsen.
	„ Dr. Weinert, Halle a. S.	1	Hotel Stadt Hamburg.
9.	Th. Storm und Tochter Lucie, Amtsgerichtsrath a. D., Hanerau	2	Direktor Pollacsek.
	Dr. med. Otto Adler, Berlin	1	Hotel Stadt Hamburg.

Zusammen 173 Personen.

12. Sylter Kur-Zeitung: „Fremdenliste“ vom 10. August 1887 (Sylter Archiv Ausschnitt). Unter dem 9. August: „Th. Storm und Tochter Lucie…“

schen dem „alten“ Westerland, dem Dorf Westerland mit der St.-Niels-Kirche (Abb. 13), und dem Strand damals noch fast völlig unbebaut (vgl. Übersichtsskizze Abb. 11). Als erstes Gebäude im „neuen“ Westerland entstand – an der Ecke der heutigen Friedrichstraße und Maybachstraße (jetzt Kaufhaus H. B. Jensen) – im Jahre 1859 das „Strandhotel“ (Abb. 14); 1860 wurde auf den Dünen dann ein „achteckiger Frühstückspavillon“ und 1866 hinter den Dünen ein „Warmbadehaus“ errichtet. Es folgten ein „Konversationshaus“, „neue geräumige Hotels“ und eine „ganze Reihe neuer sauberer Häuser“, die „genügend Logis für die Fremden bieten“. Und „mehrere Restaurants“… „am Badestrand selbst und auf den Dünen gewähren … neben einer freien Aussicht auf das ruhlose Meer den Genuß einer reinen gesundmachenden Seeluft“[21].

Trotzdem war die Bebauung zwischen Alt-Westerland und dem Strand auch zu Storms Zeit sehr lückenhaft (vgl. die Übersichtsskizze Abb. 11). Standen in Westerland um 1850 ca. 100 Häuser, so waren es um 1890 nicht mehr als 210[22]. Die Zahl der Badegäste allerdings war enorm gestiegen: von 263 Badegästen im Jahre 1858 auf 5256 im Jahre 1887[23]. Im Vergleich zu den über 250 000 Badegästen, die heute jedes Jahr in Westerland registriert werden, war Westerland damals dennoch „menschenleer“.

Auch das Badeleben sah zu Storms Zeit anders aus als heute. Man stürzte sich nicht so einfach in die Nordsee. Der Strand war eingeteilt in ein „Herrenbad“ und in ein vollkommen davon getrenntes „Damenbad“. Wie aus dem von der „Direktion der Badeanstalt“ vom 15. Juni 1865 herausgegebenen „Reglement“ hervorgeht, waren der „Damenstrand und die angrenzenden Dünen während der Badezeit streng abgesperrt“[24].

Für das Baden selbst standen „Karren“ zur Verfügung (Abb. 15), in denen man sich ausziehen konnte und die von einem Pferd oder von kräftigen Männerfäusten ins Meer hinausgezogen wurden, so daß man vom Badekarren aus ins Wasser steigen konnte. Badetücher wurde geliefert; sie hingen – wie eine zeitgenössische Abbildung zeigt (Abb. 16) – am Badekarren. Eine Kurkarte brauchte man nicht, um an den Strand gehen zu können, und die Benutzung der Badeeinrichtungen kostete – wie im § 8 des „Reglements“ von 1865 festgelegt – nur „Schillinge“:

13. Alt-Westerland (Dorf) mit der St.-Niels-Kirche um 1862. Bleistift-Zeichnung von A. E. Benneke (Sylter Archiv)

14. Westerland: Strandbad um 1870. Altes Foto: Kreuzung Friedrichstraße-Maybachstraße; links das „Strandhotel", heute Kaufhaus H. B. Jensen (Storm-Archiv)

15. Bade-Karren am Westerländer Strand mit den Männern, die die Wagen ins Meer zogen. Altes zeitgenössisches Foto von 1880 (Sylter Archiv)

16. Das Westerländer Strandbad mit Bade-Karren (an denen die Badetücher hängen) und Strandkaffee. Altes zeitgenössisches Foto um 1890 (Sylter Archiv)

§ 8.

Badetaxen.

Karrenbäder	ein einzelnes	8	Schill.	Crt.
Kinder-Karrenbäder	" "	4	"	"
Abwaschungen	" "	5	"	"
Kinder-Abwaschungen	" "	3	"	"
Sitzbäder	" "	4	"	"
Kalte Wannenbäder	" "	12	"	"
Für jedesmaligen Gebrauch von 1 Handtuch		½	"	"
Für jedesmaligen Gebrauch von 1 Badetuch		1½	"	"

(1 Schilling Courant von damals war nach heutigem Geld etwa 65 Pfennig wert).

Die Privatquartiere waren einfach. Rodenberg beschreibt seine eigene Unterkunft in Westerland („Stillleben" S. 48) so: „Man wohnt in den beschränkten Räumen, welch die Insulaner mit den Badegästen theilen. Ein kleines Stübchen mit weißer Kalkwand, nicht größer, als daß ein Bett, ein Tisch, ein paar Stühle, vielleicht noch ein Sopha mit Haartuch überzogen, darin Platz finden können, ist unser Quartier."

Storms Quartier bei Pollaczeks wird nicht anders ausgesehen haben. Ferdinand Tönnies, der ihn dort mehrfach besucht hat, spricht von einem „kleinen Gemach", das offenbar zur Dünenseite hinauslag[25]. „Eben lassen sich zwei große Silbermöwen vor meinem Fenster nieder und laufen schreiend neben einander über die Dünen", notierte Storm im Tagebuch (12. 8. 87).

In den ersten drei Tagen seines Aufenthalts in Westerland herrschte Sturm. Storm war beeindruckt von dem Naturschauspiel. In seinem Tagebuch (12./13. 8.) finden wir die Notizen (dachte er dabei an Sturmszenen im „Schimmelreiter"?): „Bis jetzt Sturm, der uns die Majestät des Meeres zeigte" und: „noch immer Sturm und Regen über der melancholischen Dünenlandschaft und Möwenschrei".

In jüngeren Jahren hat Storm oft und gern in der Nordsee gebadet; davon zeugen die anschaulichen Badeszenen in der Novelle „Psyche" und entsprechende Briefstellen[26]. Das Westerländer Strandbad aber hat der fast 70jährige und von schwerer Krankheit Gezeichnete wohl nicht benutzt (jedenfalls sind keine entsprechenden Hinweise überliefert). Wahrscheinlich aber hat er ausgedehnte Strandspaziergänge unternommen. Denn am 16. August teilt er seiner Frau mit: „... das

17. Westerland: Strand um 1870, Zeichnung von C. P. Hansen, lith. von W. Heuer (Sylter Archiv). Storm im Tagebuch: „Stundenlang war ich am Strand“.

Wetter ist warm und wenig windig. Stundenlang war ich am Strand“ (vgl. Abb. 17).

Gegessen hat Storm zunächst bei Pollaczeks, dann aber (an seine Frau, 12. 8.) „nach der Karte“. Nähere Angaben, ob er in der „Dünenhalle“ oder im „Strandhotel“ gespeist hat, haben wir nicht. Aus dem „Reglement für das Seebad Westerland auf Sylt pro 1865“ geht jedoch hervor, daß sowohl die „Dünenhalle“ als auch das „Strandhotel“ ihre Restaurants morgens und abends geöffnet hatten und daß „Mittags um 2 Uhr Table d'hôte gehalten wurde“[27]. Vor- und nachmittags konnte man außerdem im „Pavillon“ am Strand das Frühstück einnehmen oder Kaffee trinken.

Ferdinand Tönnies, der jugendliche Freund des Dichters (Abb. 18), hat Storm – wie er in seinen „Gedenkblättern“ berichtet (S. 64 f.) – „mehrfach“ bei Pollaczeks besucht. Dabei hat er ihm folgende Geschichte erzählt, die den Eindruck wiedergibt, den des Dichters Anwesenheit in Westerland auf die „‚gebildete‘ Badegesellschaft“ machte:

Ich befand mich am Abend unseres Eintreffens im Hotel „Zum deutschen Kaiser“ (Hast) und war genötigt, die Gespräche zu hören, die an einer langen, wohlbesetzten Abendtafel geführt wurden. Wie üblich, sprach man von neu eingetroffenen Badegästen. „Der Dichter Storm soll auch angekommen sein“, rief eine Dame über den Tisch hinüber. „Ja, ja,“ erwiderte ein Herr recht laut, „der den ‚Quickborn‘ geschrieben hat, nicht wahr?“ „Jawohl,“ sagte dann noch ein dritter nachdenklich, „und ‚Sein letzter Ritt‘“.

Tönnies hat uns auch die damalige Reaktion des Dichters auf diese Geschichte überliefert:

Storm, dem seine Berühmtheit in diesem Spiegel entgegentrat, lachte über die Vermischungen mit Klaus Groth ⟨‚Quickborn‘⟩ und Graf Strachwitz ⟨‚Sein letzter Ritt‘⟩ herzlich.

Wie auf allen Reisen, so war Storm auch in Westerland bemüht, die Bekanntschaft interessanter Menschen zu machen. Schon auf der Überfahrt von Hoyer nach Munkmarsch lernte er den Staatsrat Bülow aus Schwerin und seine „schöne blonde Frau Ernestine geb. Brockdorf“ kennen (an Frau Do, 16. 8.). Storm zählte sie – wie es in einem späteren Brief heißt (17. 8.) – zu den „liebenswürdigsten u. feinsten Menschen“, die er je gesehen habe; die „rücksichtsvolle liebenswürdige Behandlung“, die sie „ihrer französischen Bonne“ zuteil werden ließen, bestätigte ihn in seiner „Neigung“.

Später kam er auch mit den Hamburger Bekannten seines Münchener Dichterfreundes Paul Heyse zusammen, mit dem reichen Hamburger Kaufmann Emil Oppenheim und seiner Frau, „Juden, anmutigen Menschen“, wie er nach Hause berichtete (16. 8.). Besonders eng schloß Storm sich den „beiden Damen Schiff“ aus Berlin an, den Schwägerinnen von Julius Rodenberg. Die beiden „Frl. Schiff“ gehörten auf fast allen seinen Sylt-Ausflügen zu seiner Begleitung (Tagebuch 19. u. 22. 8.). Er charakterisiert sie als „nette gebildete Damen“, „Jüdinnen von Geburt, jetzt der freireligiösen protestantischen Sekte angehörig“ (an Frau Do 16. 8.)[28].

Während seines Westerland-Aufenthaltes hat sich Storm sehr um seine Tochter Lucie (Kosename: Lute) gekümmert, die ihn auf dieser Reise begleitete (Abb. 19). Sie, die damals gerade ihren 27. Geburtstag feierte (geb. 12. 8. 1860), sollte – wie es scheint – in die gebildete Badegesellschaft eingeführt werden und hier einen Ausgleich finden für das zurückgezogene Landleben, das man in Hademarschen führen mußte. So freute sich der Vater, seiner Frau nach Hademarschen mitteilen

18. Ferdinand Tönnies (1855–1936), Storms jugendlicher Freund, später Professor für Soziologie, der den Dichter nach Sylt begleitete (Storm-Archiv)

19. Storms Tochter Lucie (1860–1935), Kosename: Lute (Storm-Archiv)

zu können, daß Lute „zum Abendessen“ „von Staatsraths Bülow's“ abgeholt worden sei (17. 8.). Zweimal hat Storm mit seiner Tochter sogar eine „Reunion“ – eine unterhaltende Abendveranstaltung für Kurgäste – besucht, einmal vom Keitumer Landvogt Hübbe begleitet, und hat dort – wie wir hören – „bis reichlich 11 Uhr ⟨abends⟩“ ausgehalten (16. u. 17. 8.).

Auf Sylt sollte Storms Tochter gleichzeitig auch ein Magengeschwür ausheilen. Interessant ist, was der damalige Westerländer Badearzt Dr. Lahnsen in solchen Fällen verordnete (16. 8.):

> Warme Bäder, mehrmaliges Niederlegen ohne Corset, morgens Cacao, später Boullion, Milch mit Cognak, zum Frühstück Sardellen od. Caviar etc.

Storm fügte dieser Mitteilung an seine Frau lakonisch hinzu: „das muß ich armer Vater nun alles besorgen.“ Als der Vater dann abreiste, durfte seine Tochter noch bleiben, vom Vater „mit Geld 125 M⟨ark⟩ u. Wein u. Conjack (p. Flasche 5 M⟨ark⟩ 80 ₰ ⟨Pfennig⟩ u. Sardellen ausgerüstet“ (17. 8.). Storms ‚Investition‘ hat sich offenbar gelohnt: Seiner Tochter Gesundheitszustand besserte sich, und 1890 heiratete sie den aus Flensburg gebürtigen Maler Theodor Sander.

Storm und die Sylter Sagen

Als Student in Kiel (1841/42) hat Storm zusammen mit seinem Freund Theodor Mommsen, dem späteren Historiker, den Plan gefaßt, schleswig-holsteinische Sagen, Märchen, Lieder und Sprichwörter zu sammeln, um so die „Erzeugnisse des Volkslebens" vor dem Untergang zu bewahren, in denen sich „alte Sitte und alter Glaube" erhalten hatten. Von einer solchen „vaterländischen Sagensammlung" erhofften die beiden Freunde sich „Verständnis für die Vergangenheit" und „Freude und Erhebung" für die Gegenwart[29]. Ihr Vorbild waren die Gebrüder Grimm, die in den Jahren 1812 bis 1828 „Kinder- und Hausmärchen" sowie „Deutsche Sagen" veröffentlicht hatten.

Storm hat gleich nach seinem Staatsexamen (Oktober 1842) und nachdem er aus Kiel in seine Vaterstadt zurückgekehrt war, mit dem Sammeln von Sagen begonnen: Aus dem Brief eines Studienkollegen erfahren wir, daß Storm schon Ende November 1842 „eine Menge Sagen gesammelt" hatte[30]. Und Storm selbst berichtet am 1. Dezember seinem Freund Mommsen nach Kiel, daß ihm „Sagen und Volksglauben und Märchen... von allen Seiten zuflossen". Dabei ist er auf eine Sage mit dem Titel „Das Bröddehooggespenst" gestoßen, die C. P. Hansen 1837 im „Husumer Wochenblatt" veröffentlicht hatte[31]. So ist Storm zum erstenmal mit Sylter Sagen und dem Sylter Sagensammler C. P. Hansen bekannt geworden. Er meldete Mommsen in diesem Zusammenhang nach Kiel (1. 12. 42):

> Nächstens werde ich an einen Organisten Hansen auf Sylt schreiben, der sich für alldergleichen interessirt und auf reichhaltigem Boden lebt.

Dieser „reichhaltige Boden" ist natürlich Sylt und der „Organist" ist der Keitumer Lehrer Christian Peter Hansen (1803–1879), der gleichzeitig als Küster und Organist an der Keitumer Kirche wirkte (Abb. 20). Die Briefe Storms an Hansen sind leider verschollen, aber einige Antwortbriefe Hansens

20. C. P. Hansen (1803–1879), Lehrer, Organist und Küster in Keitum, Sagensammler, Verfasser vieler Sylt-Bücher, mit Storm während dessen Tätigkeit für Müllenhoffs Sagensammlung eng verbunden (Sylter Archiv)

sind im Archiv der Humbold-Universität in Berlin erhalten. Aus dem Brief vom 18. März 1844 geht hervor, daß Storm von sich aus an Hansen herangetreten ist und ihn um Sylter Sagen gebeten hat. Storm war so interessiert an Sylter Sagen, daß er beabsichtigte, C. P. Hansen und der Insel Sylt einen Besuch abzustatten. Als Nachschrift zu Hansens Brief an Storm vom 18. April 1844 findet sich nämlich folgender Satz (vgl. Abb. 21)[33]:

Es sollte mir sehr lieb sein, wenn Sie Ihrem Versprechen gemäß meiner Heimath und mir die Ehre Ihres Besuches im nächsten Sommer zu Theil werden zu lassen die Güte hätten.

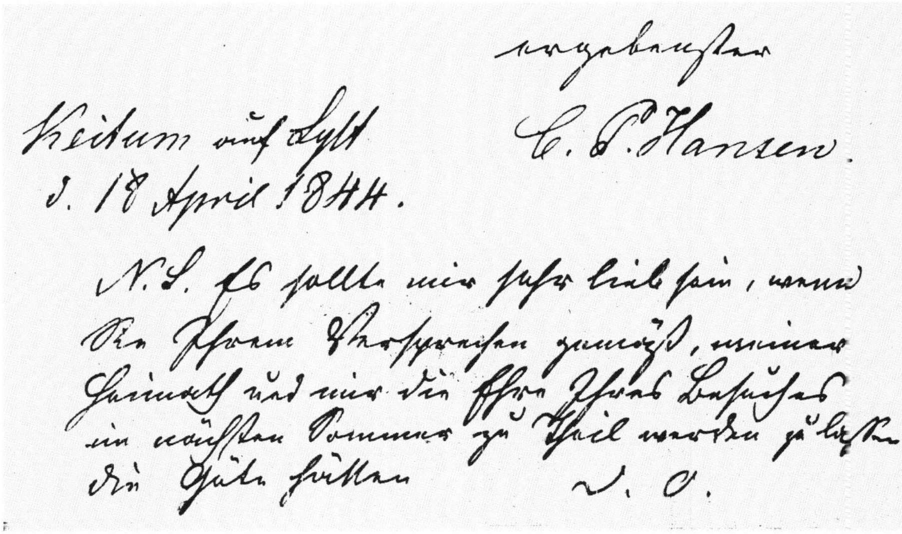

ergebenster

Keitum auf Sylt C. P. Hansen.
d. 18 April 1844.

N. S. Es sollte mir sehr lieb sein, wenn Sie Ihrem Versprechen gemäß, meine Heimath und mir die Ehre Ihres Besuches im nächsten Sommer zu Theil werden zu lassen die Güte hätten. D. O.

21. *C. P. Hansen: Brief an Storm vom 19. 4. 1844, Nachschrift; Einladung zum Besuch auf Sylt (Archiv der Humboldt-Universität, Berlin)*

Aus diesem Sylt-Besuch Storms ist damals nichts geworden. Hansen schickte von sich aus die erbetenen Sagen nach Husum. Das Manuskript, das insgesamt 80 Sagen enthält, hat sich im Berliner Müllenhoff-Nachlaß erhalten und ist bisher nicht veröffentlicht bzw. überhaupt beachtet worden. Es trägt die Überschrift: „Sagen und Erzählungen, gesammelt von C. P. Hansen, Organist und Schullehrer zu Keitum auf Sylt" und beginnt mit „Sagen von Riesen" (vgl. hinten im Anhang Abb. 37).

Storm hat die Sagen, die ihm von Hansen als „Päckchen" zugeschickt wurden (vgl. die Adresse Abb. 22), später an Dr. Karl Müllenhoff, „Privatdozent und Gehülfe an der Universitäts-Bibliothek" (so die offizielle Adresse) weitergegeben. Müllenhoff hatte inzwischen anstelle von Mommsen die Herausgabe der Sagen übernommen. Der Band erschien 1845 in Kiel unter dem Titel „Sagen, Märchen und Lieder der Herzogthümer Schleswig, Holstein und Lauenburg" (vgl. Abb. 23). Von den über 600 Texten, die in diesem Band abgedruckt sind, gehen 50 Sagen auf C. P. Hansen zurück; sie sind dort gekennzeichnet mit dem Herkunftshinweis: „Durch Herrn Schull⟨ehrer⟩ Hansen auf Sylt".

Hansens Sagen sind allerdings nicht in der Gestalt, in der

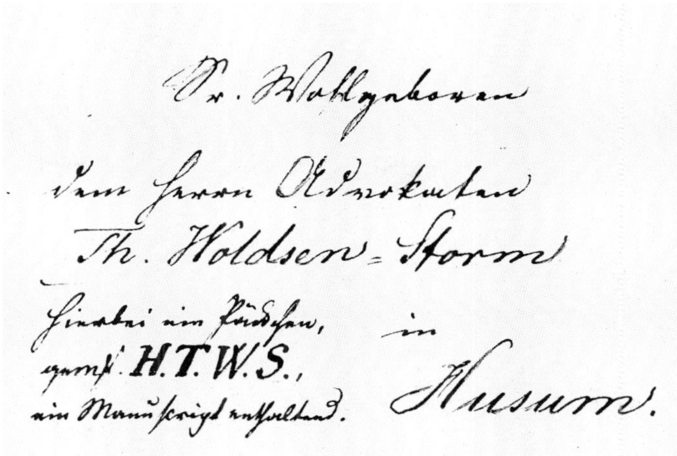
Sr. Wohlgeboren
dem Herrn Advokaten
Th. Woldsen=Storm
Hierbei ein Päckchen,
gen: H.T.W.S.,
ein Manuscript enthaltend.
in
Husum.

22. C. P. Hansen: Handschriftliche Adresse: „Sr. Wohlgeboren dem Herrn Advokaten Th. Woldsen-Storm in Husum. Hierbei ein Päckchen, gena⟨annten⟩ H.⟨ans⟩ T.⟨heodor⟩ W.⟨oldsen⟩ S.⟨torm⟩, ein Manuskript enthaltend". (Archiv der Humboldt-Universität, Berlin)

dieser sie niedergeschrieben und weitergegeben hat, in den genannten Band übernommen worden. Müllenhoff hat sie vor dem Druck „purifiziert", d.h. von Ausschmückungen und Zusätzen „gereinigt" und jeweils nur den „Kern" der Sage in seinen Band übernommen[34]. So erscheint z.B. Hansens Sage vom „Bröddehooggespenst" bei Müllenhoff unter dem veränderten Titel „Der Bröddehoogmann" und um mehr als die Hälfte gekürzt. Zwar hatte C. P. Hansen es dem Herausgeber „überlassen", „zu bestimmen", wieviel und was dieser von seiner Arbeit in die geplante Sammlung übernehmen wolle[35]. Die Veränderungen, die Müllenhoff vorgenommen hat, sind jedoch sehr tiefgreifend. (Man vergleiche die beiden Fassungen der Sage „Das Licht der treuen Schwester" miteinander, die wir im Anhang abgedruckt haben: S. 68 f.). Müllenhoff verfolgte dabei allerdings die Linie, die Storm und Mommsen vorgegeben hatten, als sie sich in „Biernatzkis Volksbuch für das Jahr 1844" ausdrücklich für die „schlichte Fassung" und die schmuckloseste Darstellung" ausgesprochen hatten[36].

Theodor Storm hat Müllenhoffs Sagensammlung sehr geschätzt und diese Sammlung als Novellendichter häufig benutzt. In der Novelle „Renate" z. B. hat er die Sage „Die schwarze Schule" verwertet (vgl. II, 975 ff.), in der Novelle „Eeckenhof" die Sage „Böse Herrinnen" (II, 1031), in der „Chronik von Grieshuus" die Sage von den „Pollaken in Toft-

Sagen

Märchen und Lieder

der Herzogthümer

Schleswig Holstein und Lauenburg

Herausgegeben

von

Karl Müllenhoff

Kiel

Schwersche Buchhandlung

1845

23. Karl Müllenhoff: Sagen, Märchen und Lieder der Herzogthümer Schleswig, Holstein und Lauenburg, Die Sagensammlung, an der u. a. Storm, Mommsen und C. P. Hansen mitgearbeitet haben (Storm-Archiv)

lund" (III, 859f.) und in „Ein Fest auf Haderslevhuus" die Sage „Klaus Lembeke" (III, 944f.) herangezogen. Selbst im „Schimmelreiter" hat Storm eine Müllenhoffsche Sage benutzt, die Sage „Das vergrabene Kind" (III, 1077f.).

So wundern wir uns nicht, wenn wir in Storms „Sylter Novelle" auf Motive stoßen, die aus Sagen stammen bzw. in Sagen vorkommen, die in Müllenhoffs Sagensammlung abgedruckt sind und auf C. P. Hansen zurückgehen oder von C. P. Hansen selbst veröffentlicht worden sind. Nähere Nachforschungen haben ergeben, daß in der „Sylter Novelle" Motive aus folgenden *fünf Sagen* verarbeitet sind:

1.) Das Thema der Sage „Pidder Lüng", das sich in dem friesischen Ausspruch „Lewwer düad üs Slaaw!" (Lieber tot als Sklave) zusammenfassen läßt, spiegelt sich im Eingangsmotiv der „Sylter Novelle" wider, wo vom „Haß" der Friesen „gegen ⟨das⟩ Militair und alles Gesetzliche" und gegen den vom dänischen König eingesetzten Landvogt die Rede ist.
(Vgl. die Sage im Anhang S. 63 ff.)

2.) In der Sage „Niß Ipsen" verläßt – wie in der „Sylter Novelle" – ein aus ärmlichen Verhältnissen stammender Friese nach einer Gewalttat die Heimat und das geliebte Mädchen und wird in Holland ein berühmter Kapitän.
(Vgl. die Sage im Anhang S. 65 f.)

3.) Wie in der Sage vom „Dikjendälmann" wird in der „Sylter Novelle" ein Schiff vom Sturm an den Sylter Strand geschleudert, werden wehrlose Schiffbrüchige von Strandräubern erschlagen und im Dünensand verscharrt.
(Vgl. die Sage im Anhang S. 66)

4.) Die Sage von „P. C. Lund und Maiken Peter Ohm" handelt von einem Sylter, der – ähnlich wie Lars in der „Sylter Novelle" – nach Liebesabenteuern die Insel verläßt, der schwört, nie wieder zurückzukommen, dann eines Tages doch zurückkehrt und dabei umkommt. Das Mädchen wird darüber wahnsinnig. In der „Sylter Novelle": „Eine irrsinnige Frau geht in den Dünen um."
(Vgl. die Sage im Anhang S. 67)

5.) Auch in der Sage „Das Licht der treuen Schwester" ist – wie in der „Sylter Novelle" – von einem Schiffer die Rede, der die Heimat verläßt, von dem man lange Zeit nichts hört und der schließlich vergebens zurückerwartet wird.
(Vgl. die Sage im Anhang S. 68 ff.)

Theodor Storms „Sylter Novelle“

Storm hat beim Betreten der Insel Sylt ohne Zweifel an seine frühere Tätigkeit als Sagensammler und an seine Beziehungen zu dem Keitumer Lehrer und Sagensammler C. P. Hansen gedacht (vgl. S. 26 ff.). Ausdrücklich nämlich nennt er in seinem Brief an Wilhelm Jensen vom Ende August 1887 Sylt eine „Sageninsel“[37]. So kann man sich gut vorstellen, daß Storm in seinem Quartier den Mitbewohnern – dem Badedirektor Pollaczek, dessen Frau Elise und ihrem Bruder, dem Präsidenten Tiedemann, gegenüber sein Interesse an Sagen bekundet und von seiner Arbeit an der „Schimmelreiter“-Novelle, der ja auch eine Sage zugrunde liegt, gesprochen hat. Zwar findet sich in Storms Tagebuch nur die lakonische Notiz „Wir plaudern viel zusammen“ (12. 8.); aber wer Storm kennt und weiß, wie gern er im Gespräch literarische, insbesondere die eigene poetische Produktion betreffende Themen erörtert hat, der ist sich sicher, daß Storm in dieser Gesprächsrunde auch auf die Bedeutung von Sagen und Sagenmotiven für seine Dichtung zu sprechen gekommen ist. Wahrscheinlich hat er auch seine Erwartung zum Ausdruck gebracht, auf der Sageninsel und von der Sagenatmosphäre neue Impulse für seine Dichtung zu empfangen. Von daher ließe es sich dann erklären, warum Tiedemann sich bereits am 13. August, also wenige Tage nach Storms Ankunft und nach den oben erwähnten Gesprächen „den Stoff zu einer Sylter Novelle“ für Storm „erdacht“ hat (vgl. weiter unten die entsprechenden Tagebuch- und Briefzitate).

Es kommt verhältnismäßig selten vor, daß man die „Geburtsstunde“ und den „Geburtsort“ einer Novelle genau bestimmen kann. Im Falle der „Sylter Novelle“ ist das möglich, und zwar mit Hilfe von Storms Tagebuch-Aufzeichnungen in seinem „Braunen Taschenbuch“ und der Briefe, die er von Sylt nach Hademarschen an Frau Do geschickt hat. „Geburtshelfer“ war Präsident Tiedemann (Abb. 24), der Bruder von Elise Pollaczek. Er hat Storm den „Stoff“ zur Verfügung gestellt.

24. Christoph von Tiedemann (1836–1907). Als Landvogt von Stapelholm 1864 f. Storms Kollege. 1878 Chef der Bismarckschen Reichskanzlei, 1881–1899 Regierungspräsident von Bromberg. Stellte Storm am 13. August 1887 auf einer Düne bei Wenningstedt den „Stoff zu einer Sylter Novelle" zur Verfügung (Storm-Archiv)

Der „Geburtsort" war eine „prächtige" Düne bei Wenningstedt, und der „Geburtstag" der Novelle war Sonntag, der 13. August 1887. Das ergibt sich aus den überlieferten Tagebüchern und Briefstellen. In Storms Tagebuch findet sich folgende Notiz (unter dem 19. August):

Am vorigen Sonntag mit Pollacsecks und T(iedemann) und Schiff's nach *Wenningstedt*. Prächtige Dünen. Auf der Spitze einer Düne sitzend erzählt Tiedemann mir die von ihm tagsüber erdachte Novellenskizze. Ich habe sie notiert.

Im Brief Storms an Frau Do vom 16. August erfahren wir noch mehr:

25. *Theodor Storm: Entwurf zur „Sylter Novelle“, 1. Blatt, in Storms Handschrift (Schleswig-Holsteinische Landesbibliothek Kiel)*

Sonntag machten unsere Hauswirthe mit 2 Frl Schiff, Schwägerinnen von Julius Rodenberg, netten gebildeten Damen, Jüdinnen von Geburt, jetzt der freireligiösen protestantischen Sekte angehörig, und natürlich Tiedemann, eine Tour nach Wenningstedt, $^1/_2$ St. zu Wagen. Als T⟨iedemann⟩ u ich oben auf einer Düne saßen, erzählte er mir, indem wir in die Dünenwildnis hinabsahen u. der kalte Wind uns ins Gesicht blies, den Stoff zu einer Sylter Novelle, den er sich tags zuvor erdacht hatte. Er ist so vortrefflich, daß ich schon gleich ans Schreiben möchte. Die Skizzierung habe ich schon begonnen.

Einen Tag später, am 17. August, berichtet Storm seiner Frau noch einmal von dieser „demnächstigen hier spielenden Novelle, deren Stoff Tiedemann hier neulich vollständig skizziert erfunden und mir, als wir bei Wenningstedt auf der höchsten Düne saßen, erzählte und übergab“. Tiedemann also hat den „Stoff“ zur Novelle „erfunden“, Storm „erzählt“ und „übergeben“, d. h. für eine neue Novelle zur Verfügung gestellt. Storm war so angetan von diesem ihm vorgetragenen Stoff (er ist „so vortrefflich“), daß er „gleich ans Schreiben“, d. h. mit der Niederschrift der Novelle beginnen wollte. Er begnügte sich aber damit, den Tiedemannschen Einfall zu „notieren“ und seine eigene Vorstellung vom Gang der Novellenhandlung zu „skizzieren“ (vgl. Abb. 25), wie er das auch sonst zu tun pflegte, bevor er an die eigentliche Niederschrift der Novelle heranging[38].

Storms Novellen-Skizze bzw. der Novellen-Entwurf, den er im August 1887 auf Sylt niedergeschrieben hat, ist erhalten. Der Entwurf steht auf sechs Blättern (Format: 22 × 14,3 cm) und trägt die Überschrift „Sylter Novelle“. Die Blätter wurden 1969 in dem Teil des Storm-Nachlasses entdeckt, der in der Schleswig-Holsteinischen Landesbibliothek aufbewahrt wird, und wurden damals zum erstenmal veröffentlicht[39]. Wir drucken hier den Text der „Sylter Novelle“ ab, wie er auf den sechs Blättern von Storm skizziert wurde, mit einigen Ergänzungen in spitzen ⟨. . .⟩ Klammern:

Sylter Novelle.

Heinrich Sylter (in Wenningstedt) wird seine einzige Tochter von einem Dän. Offizier entführt (?); d. Haß gegen Militair u. alles Gesetzliche. Er... Strandraub etc. Der König setzt einen energischen Landvogt, mit einer halb (?) gewachsenen Tochter. Die Mutter war im Wochenbette gestorben; das hinterlassene Kind (schön, stark, gleich dem Landvogt, ihr Vater) ist vom Großvater im Haß gegen Militair u. Gesetz erzogen u. erwachsen auf der Insel. Da – Abends Jahrmarkt – tritt er ihr, die von andern Knaben u. Mädchen umringt ist, entgegen. Man warnen sie vor dem gefürchteten Jungen (?), u. sie sagt ihnen, sie sollten ihn wegjagen. Sie erschrecken (?) ihn, er wirft sie. Da werden ihre Augen zornig, zärtlich (?), leidenschaftlich – nein alles und das schöne trotzige Mädchen stürzt gegen ihn; er fängt sie an und wie sie mit ihren kleinen festen Händen ihn packt, kommt es wie Lähmung über ihn, sie würgt ihn u. setzt ihren Fuß auf seinen Nacken.

Er geht schweigend fort.

1. Blatt

Sylter Novelle

Einem Sylter (in Wenningstedt) wird seine einzige Tochter von einem dän⟨ischen⟩ See-Offizier[1] (Schiff ist hier stationirt) verführt. S⟨ein⟩ Haß gegen Militair u. alles Gesetzliche. Er strandraubt[2] etc., der König[3] setzt einen energischen Landvogt[4] ⟨ein⟩, mit einer halbgewachsenen dito Tochter. Die Verführte war im Wochenbett gestorben; der hinterlassene Sohn ⟨Lars⟩ (schön, stark, gleich des Landvogts Tochter) ist vom Gr⟨oß-⟩Vater im Haß gegen Militair u. Gesetz erzogen u. verrufen auf der Insel. Da – etwa Jahrmarkt – tritt er ihr, die von andern Knaben u. Mädchen umringt ist, entgegen. Jene warnen sie vor dem gefürchteten Jungen, u. sie sagt ihnen, sie sollten ihn wegjagen. Sie versuchen es[5], er wirft sie. Da werden ihre Augen zornig. „Zurück, laßt mich – nein allein!“ und das schöne kräftige Mädchen stürmt gegen ihn; er starrt sie an und wie sie mit ihren kleinen festen Händen ihn packt, kommt es wie Lähmung über ihn, sie wirft ihn u. setzt ihren Fuß auf seinen Nacken.

Er geht schweigend fort.

(1) *von einem dänischen See-Offizier:* Sylt gehörte zum Herzogtum Schleswig und damit – bis 1864 – zum dänischen Gesamtstaat. Auf Sylt waren deshalb immer Teile der dänischen Flotte stationiert.

(2) *er strandraubt:* widerrechtliche Aneignung von Gütern eines gestrandeten Schiffes (vgl. hier S. 46 ff.).

(3) *der König:* So, wie Theodor Storm sein Gesuch um Bestallung als Rechtsanwalt in Husum im Jahre 1842 an den Dänischen König richten mußte, so wurde auch der Sylter Landvogt – bis 1864 – vom Dänischen König eingesetzt.

(4) *Landvogt:* altes schleswigsches Amt, dessen Aufgaben Storm in einem Brief folgendermaßen umschreibt: „Obervormund, Polizeimeister, Kriminal- und Zivilrichter“ (An L. Pietsch am 30. 4. 1864); Storm war selbst von 1864–1867 Landvogt des Amtes Husum. Hier ist der Landvogt von Sylt gemeint; sein Amtssitz ist die „Landvogtei“ in Tinnum (vgl. unter „Schauplätze“).

(5) *es:* Im handschriftlichen Text versehentlich: ist.

2. Blatt

Sie geht gern in die Dünen, es spukt dort, Geheul und Geschrei (aber auf Anrichten des alten Sylters von s⟨einem⟩ Enkel ⟨Lars,⟩ um die Menschen fortzuscheuchen)⟨.⟩ Da tritt der Alte ihr entgegen; sie erschrickt u. entflieht; da k<ommt⟩ d⟨er⟩ Alte lachend hinterher; sie stürzt, verrenkt den Fuß u. kann nicht wieder aufkommen. Da ist der Junge zur Stelle; er hebt sie sanft vom Boden. „Trage mich nach Haus!“ befiehlt sie ihm. – „Ja“, u. er thut es. Sorgfältig wie eine Mutter trägt er sie. „Du bist doch der Stärkste!“ sagt sie sanft u. schließt dabei die Augen. „Nur jetzt“, sagt er; „aber mach doch die Augen auf.“

„Willst Du es?“ „ Ich will nicht, ich bitt Dich nur darum; denn Du bist doch die Stärkste!“

Da thut sie es; so gehen sie Aug’ in Auge; er strauchelt einmal; fast wären sie gefallen. Er trägt sie nach Westerland ans Haus u. pocht das Gesinde heraus. Dann wendet er sich u. schweigend entflieht er, als hätte er ein Verbrechen begangen.

(Zwiespalt bei ihr, wer der Mächtigste. Er ⟨Lars⟩ sagt ihr jetzt oder später, daß er ⟨von⟩ dem Alten fort will u. zur See).

Er hat sie vor dem Alten beschützt, der Alte

deshalb gegen ihn. Er verschwindet ⟨geht zur See⟩.

Sie verlobt sich nach ca. 2 Jahren, sie denkt seiner nicht mehr sehr, wesentlich Werk des Vaters. Die Verlobten sitzen zusammen in d⟨er⟩ Laube, sie duldet unangenehm seine Zärtlichkeiten. Als er sie umfassen will⟨,⟩ springt der Schiffer ⟨Lars⟩ herein u. wirft ihn über den Zaun. Ihre Empörung gegen ihn; erbittert weist sie ihn zurück. Der Bräutigam geschunden u. gestoßen klagt; ihr erscheint innerlich der Contrast zwischen den Beiden; sie lächelt oft innerlich.

Hochzeit naht. Sie etwas erschüttert; am Tage vorher geht sie in die Dünen, um von der Größe u. Stille Abschied zu nehmen. Der Schiffer ⟨Lars⟩ will auch folgen, ist auch da, sein Schatten wird ihr sichtbar, das Brausen des Meers; es fällt ihr auf die Seele: morgen sollst Du den Jämmerlichen heirathen. Mondlicht in den Dünen. Wuth, Groll, Leidenschaft, Erbitterung gegen die Menschen kämpfen in ihr mit der keuschen Scheu, die ihr die Herrschaft über ihn giebt. Sie begegnen sich: „Weshalb bist Du hier? Wohl deshalb, wie Du. Ich will nicht, was ich soll. Ich weiß, Du verachtest mich, tritt mich mit

Füßen, nur einen Blick in Deine Augen“ (oder so etwas) er umfaßt sie; sie steht reglos; da schlägt sie die Arme um ihn. Rasende Leidenschaft von beiden Seiten.

Brautnacht in den Dünen. Das Meer.

Er wirft sich vor ihr nieder. Sie verlangt, daß er ihr verspricht, nie wiederzukommen, sie nie wiederzusehen. Er verspricht es⟨.⟩

(Gespräch vorher, daß er morgen fort muß.)

Am Morgen Trauung. Zwiespalt in ihr, daß sie schon mit einem Ehebruch in die Ehe tritt. Der Priester hält die Wahrheit als Grund der Ehe ihr vor. Sie sagt: „Nein.“ Aufruhr, Zorn des Vaters ⟨des Landvogts⟩; aber sie will nicht. Bräutigam fort.

Sie lebt im väterl⟨ichen Hause⟩ bis ihre Schwangerschaft deutlich wird.

Verstoßung.

Hülfe suchen beim alten Sylter ⟨in Wenningstedt⟩, dem sie Alles erzählt. Höhnische Freude an seinem Enkel ⟨Lars⟩, daß er seine Mutter gerächt hat. ⟨Der Alte nimmt sie auf.⟩ Aber er verlangt strengen Gehorsam, sie bleibt als Aschenbrödel, muß bei Strandraubfällen Dienste thun⟨.⟩

5. Blatt

Sie gebiert ein Kind.

Sehnen nach ihm ⟨Lars⟩, jedes Segel läßt sie hoffen; aber sie weiß, er wird sein Wort nicht brechen.

⟨Sturm⟩

Ein alter Schiffer erzählt, er sei bei einem gewaltigen Kapitain gewesen, der ⟨sei vor einigen Tagen⟩ in die Nordsee eingelaufen, habe zwischen Sylt u. Helgoland nach Hamburg wollen, wenn der Sturm ihn jetzt nur nicht zu fassen kriegt.

Nachts Strandfall[6]; der Sylter sammelt seine Kameraden. Der Alte läuft um sein Gewerbe zu betreiben an den Strand. Sie von der Angst gefaßt es könne Lars sein, folgt dem Alten.

Kampf in d⟨er⟩ Dunkelheit zwischen Vater u. Sohn; sie kommt dazu u. findet den Sohn sterbend oder todt.

– – Eine irrsinnige Frau geht in den Dünen um. –

Sie geräth in ein Dünental, läuft im Dämmern gegen einen Pfahl, der im Sande eingerammt ist; sie sieht auf, das stehen wohl über 20 Pfähle. Sie weiß es, man hat es ihr gesagt, da liegen die Heimatlosen[7], die Gestrandeten⟨,⟩ die Erschlagenen. Ihr graust; sie läuft zwischen die Pfähle durch; da Geheul von einer Seite, es antwortet von der andern. Sie entflieht u. fällt.

(Man darf dem Meer nicht ganz rauben, was es sich erobert; darum in den Dünen begraben)

---

(6) *Strandfall:* Strandung eines Schiffes.

(7) *da liegen die Heimatlosen:* Vgl. dazu unter „Schauplätze“ (S. 55 f.): die „Heimatstätte für Heimatlose“.

6. Blatt (später nachgetragen)

Der schwarze Pudel Ratz sitzt in der Ecke; sie vor ihm geschäftig; des Thieres Antlitz ist schon weiß u. wird immer weißer. Der Vater tritt ein⟨:⟩ „Was machst du da?"– „Ratz wird gepudert; es steht ihm gut; nun sieht er doch nach was mehr aus, als das andre Köterzeug auf der Insel!" – „Welcher Teufel hat dich wieder auf die Faxen gebracht." – „Das kann ich selbst; dazu brauch ich keinen Teufel; aber Tante Juliane hat mir zuletzt noch eine große Puderschachtel nebst Quaste in den Koffer gep⟨f⟩ropft; nun muß es doch gebraucht werden!" Der Landvogt sah den Pudel an: „Wahrhaftig!" rief er; „er sieht aus wie ein französischer Abbé; hol deinen Hut Fritze; wir wollen ihn spazieren führen!"

Die sechs Blätter des Entwurfs geben dem heutigen Leser eine Vorstellung, wie der Dichter sich den Gang der Handlung und die Komposition der Novelle gedacht hat. Das Eingangsmotiv („Haß gegen Militair und alles Gesetzliche") und das Schlußmotiv („eine irrsinnige Frau geht in den Dünen um") sind deutlich gekennzeichnet, und sieben Hauptszenen sind in der geplanten Reihenfolge skizziert:

1. Die ersten beiden schicksalhaften Begegnungen zwischen dem Schiffer Lars und der Tochter des Landvogts.
2. Die Auseinandersetzung des Schiffers mit dem Verlobten vor der Hochzeit.
3. Die „Brautnacht" in den Dünen.
4. Die Szene vor dem Altar in der Kirche.
5. Die Verstoßung der Tochter durch den Vater.
6. Ihr Leben als Aschenbrödel bei dem „Alten", dem Strandräuber.
7. Der „Strandfall" und der Tod des gestrandeten, inzwischen zum Kapitän aufgestiegenen Lars.

Dabei wird deutlich, daß Storm auf den Entwurfsblättern nicht nur Tiedemanns „Stoff" wiedergegeben hat, sondern sofort angefangen hat, (wie er sagt) zu „schreiben", d. h. den Stoff zu gliedern, zu poetisieren und einzelne „Szenen" zu entwerfen. Diese Szenen sind typisch „storm'sch" und auf diese Weise ein Indiz dafür, daß wir hier wirklich ein Stück Stormscher

26. Theodor Storms Schreibtisch (Geschenk von „Kieler Damen“ zum 70. Geburtstag): Schubladen, in denen wahrscheinlich die 6 Blätter des „Sylter Novellen“-Entwurfs deponiert wurden. Links und rechts die von Emil Nolde geschnitzten Eulen. Heute im Husumer Storm-Museum (Storm-Archiv)

Dichtung vor uns haben. Denn der Tiedemannsche „Stoff“ ist dichterisch gestaltet. Storms Interesse für die „Situation“, für das anschauliche „Bild“ ist erkennbar. Wie in seinen anderen Novellen erweist sich Storm hier als „Szenenseher“[40], der bei der Bearbeitung des Stoffes von der Einzelszene ausgeht und eine Novellenhandlung aus einzelnen Szenen aufbaut.

Die Tatsache, daß Storm diesen „so vortrefflichen“ Stoff später nicht weiter bearbeitet hat, hängt damit zusammen, daß ihm dazu einfach die Zeit fehlte. Als er am 21. August nach Hademarschen zurückkehrte, stand der 70. Geburtstag vor der Tür, der vorbereitet werden mußte. Und anschließend waren 200 Geburtstagsbriefe und 70 Telegramme zu beantworten. Dann aber galt es, die Novelle „Der Schimmelreiter“ voranzubringen, mit der er vor der Sylt-Reise nicht recht vorangekommen war. Die Arbeit am „Schimmelreiter“ beschäftigte Storm bis zum 9. Februar 1888. Aber auch nachdem er die Reinschrift beendet und an den Verlag abgeschickt hatte (Tagebuch: 9. 2. 88), ist Storm nicht an die Bearbeitung des Sylter

Novellenentwurfs herangegangen. Im Gegenteil: Er ließ sich plötzlich von einer ganz neuen Novellen-Idee, von der „Armesünderglocke", faszinieren, begann sogar Nachforschungen nach entsprechenden Glocken und Glockensagen anzustellen.

Warum – so fragt man sich – griff Storm nicht zu dem fertig daliegenden Sylter Novellenentwurf? Offenbar hatte er doch kein innig-vertrautes Verhältnis zu diesem, von Tiedemann an ihn herangetragenen Stoff gefunden. Oder fühlte er sich diesem niederdrückenden Thema (die beiden Liebenden gehen sinnlos zugrunde) in seinem damaligen Zustand nicht gewachsen? Zu bedenken ist auch, daß die Korrekturen des Zeitschriftendrucks und der Buchausgabe der „Schimmelreiter"-Novelle sowie die Korrekturen der Bände 15 bis 18 seiner Gesamtausgabe den Dichter in den folgenden Monaten (März bis Juni 1888) in Atem hielten. Und die Schmerzen, die der Magenkrebs verursachte, nahmen immer mehr zu. So blieb der Entwurf der „Sylter Novelle" unvollendet in einer der Schubladen des kostbaren Schreibtisches liegen, den er zum 70. Geburtstag von Kieler Damen erhalten hatte (vgl. Abb. 26).

Schauplätze der „Sylter Novelle“

Wie es dem am Magenkrebs erkrankten Dichter während seines Sylt-Aufenthalts gesundheitlich ergangen ist, wissen wir nicht; dafür gibt es in seinem Tagebuch und in seinen Briefen an Frau Do keine Anhaltspunkte. Es scheint aber, als ob die Sylt-Atmosphäre und neue Novellenlandschaft ihn kurzfristig aktiviert haben. Jede sich bietende Möglichkeit, Ausflüge zu machen, Eindrücke zu sammeln und das Geschehene zu notieren, hat er ausgenutzt (vgl. im folgenden die Tagebuch- und Briefstellen). Eine solche Beweglichkeit, ja, Betriebsamkeit überrascht bei dem alternden Dichter, besonders wenn man an seine geschwächte Gesundheit denkt. Allerdings wird die intensive Beschäftigung mit Sylt und mit der „Sylter Novelle“ wohl auch damit zusammenhängen, daß der Dichter sich auf diese Weise von seiner Krankheit abzulenken versuchte.

Storm hat sich in seinen Novellen immer darum bemüht, der Handlung einen anschaulichen lokalen Hintergrund zu geben[42]. So wird es verständlich, daß er sich auf Sylt im Hinblick auf eine geplante „Sylter Novelle“ für lokale Sylter Gegebenheiten, für die Dörfer, die Landschaft, die Flora, auch für einzelne Bauwerke, interessiert hat.

Die Erkundungs- bzw. Ausflugsfahrten wurden in einem „Wagen“, einer mehrsitzigen Kutsche, unternommen. Diese Fahrten führten den Dichter zunächst – nachdem Sturm und Regen sich gelegt hatten – nach *Wenningstedt*, dem bekannten, damals aber nur aus 15 Häusern bestehenden Dorf[43] nördlich von Westerland. In seinem Tagebuch hat Storm darüber nachträglich folgendes notiert (19. 8.):

> Am vorigen Sonntag mit Pollazceks und T⟨iedemann⟩ und Schiff’s nach Wenningstedt. Prächtige Dünen.

Und einige Tage später hat er noch einmal einen besonderen Landschaftseindruck von der Umgebung dieses Ortes im Tagebuch festgehalten (22. 8.):

27. *Sylt: Dünen (mit Boot) am Nordseestrand. Zeichnung von Unbekannt um 1870 (Sylter Archiv).*

Rückfahrt: eine Seite Meer, an drei Seiten Dünen; über die nach Wenningstedt sieht beim Abendwerden der eine Leuchtturm mit seinem roten Licht.

Wie wir dem Novellenentwurf entnehmen können (S. 36 u. 39), sollte Wenningstedt – der Ort selbst, die Dünen und der Strand vor Wenningstedt – ein Hauptschauplatz der geplanten Novelle werden. Von daher erklärt sich, warum die Landschaft und der Leuchtturm „mit seinem roten Licht" (Abb. 28), bei aller stichwortartigen Kürze, anschaulich skizziert werden.

Über die Fahrt nach *Rantum*, südlich vor Westerland, die am 16. August unternommen wurde, findet sich im Tagebuch folgende Notiz:

Am 16^t mit den beiden Damen Schiff nach *Rantum* (der einsame Strand, die silberne Dünendistel, Rettungsstation)⟨.⟩

Das sind offenbar Stichworte, mit denen der Dichter Eindrücke, auch Details („Dünendistel"), für seine neue Novelle festhalten wollte. Insbesondere die Rettungsstation – eine der früh gegründeten Seenotrettungsstationen in Deutschland[44] – mußte Storm interessieren (Abb. 29). Eine solche Einrichtung

28. Sylt: Der Leuchtturm bei Wenningstedt. Altes Foto um 1870. (Storm-Archiv). Storm in seinem Tagebuch: „Leuchtturm mit seinem roten Licht“

war ja auf Sylt notwendig geworden, weil es hier sehr oft zu Schiffsstrandungen gekommen war (vgl. Abb. 30)[45] und weil die Sylter noch bis 1720 bei „Strandfall“ dem „Gewerbe“ des Strandraubs nachgegangen sind, wie es Storm in einer dramatischen Szene seines Sylter Novellenentwurfs schildert:

Nachts Strandfall; der Sylter sammelt seine Kameraden. Der Alte läuft, um sein Gewerbe zu betreiben an den Strand (...). Kampf in der Dunkelheit zwischen Vater und Sohn; sie <die Tochter des Landvogts> kommt dazu u. findet den Sohn sterbend oder todt.

29. Westerland: Seenot-Rettungsstation, Ausfahrt des Bootes zur Rettung Schiffbrüchiger (Storm-Archiv, mit Genehmigung von H. J. Stöver). Storm im Tagebuch: „Rettungsstation“

30. Sylt: Gestrandete Schiffe in der Brandung zwischen Westerland und Rantum. Zeichnung von A. E. Beneke, 30. 10. 1868 (Sylter Archiv). Storm: „Strandfall“

31. Die Vogelkoje auf Sylt. Zeichnung von C. P. Hansen, lith. von W. Heuer (Sylter Archiv). Storm im Tagebuch: „Das Wandern im Wäldchen. Der Königsfarren“

Nach altem Strandrecht gehörte angespültes Strandgut, wenn es herrenlos war, dem, der es findet, und so ist es auf Sylt nicht selten zur Ermordung der schiffbrüchigen Eigentümer gekommen[46]. Der Stormschen Schilderung liegen wahrscheinlich entsprechende Passagen in C. P. Hansens Büchern zugrunde. Dieser spricht – ähnlich wie Storm – von dem „schmählichen Gewerbe des Strandraubs“ und tadelt das „verderbliche Strandlaufen“ und den „Stranddiebstahl“[47]. Es gibt auch eine Sylter Sage, die erzählt, wie Einwohner von Sylt gestrandete Schiffbrüchige nicht etwa gerettet, sondern erschlagen und beraubt haben (vgl. S. 66 die Sage vom „Dikjendälmann“; heute heißt der sagenumwobene Ort bzw. der entsprechende Teil des Strandabschnitts zwischen Westerland und Rantum immer noch „Dikjendeel“).

Ein weiteres Exkursionsziel war die *Vogelkoje* zwischen Kampen und List, die heute noch zu besichtigen ist (vgl. Abb. 31). Eindrücke dieser Fahrt hat Storm in seinem Tagebuch erst am 22. August, also einige Tage später, an seinem Schreibtisch in Hademarschen, festgehalten:

Am 19ten Nachmittags auf Sylt Fahrt nach der Vogelkoje mit Frau Elise und den 3 Kindern, Frl. Schiff und dem Gärtner Martens von

32. Vogelkoje auf Sylt: „Fangpfeife“, mit der Enten gefangen wurden. Zeichnung von Fikentscher 1865 (Storm-Archiv)

Lichterfelde bei Berlin. Etwa 2 Meilen von Westerland. In die Dünen hinein über die Heide, mußten 4 oder 5 mal absteigen, um mit dem weitspurigen Wagen nicht den Hals zu brechen. Das Wandern in dem niedrigen Wäldchen. Der Königsfarren. (...)

Das Festhalten von Details wie der Fahrt „in die Dünen hinein", „über die Heide", wie des Absteigens und des „Wanderns in dem niedrigen Wäldchen", besonderes auch der Hinweis auf den „Königsfarren", einen großblättrigen Farn, der sich bis heute in dem Wäldchen erhalten hat, sind ein Indiz dafür, daß diese Notizen als Materialien für die zukünftige Novelle gedacht waren.

Über den wirtschaftlichen Nutzen der Kampener Vogelkoje (im Jahre 1841 hatte man dort über 25 000 wilde Enten gefangen) und die Art, wie die Enten gefangen wurden (vgl. Abb. 32), findet sich im Tagebuch kein Wort, obwohl Storm an Ort und Stelle sicherlich entsprechende Erläuterungen erhalten hat (vgl. z. B. C. P. Hansen[48]). Im Hinblick auf die Novelle interessierte ihn das offenbar nicht; sein Augenmerk galt der lokalen Atmosphäre.

Daß Storm in seinen Notizen den Ort Kampen nicht erwähnt, hängt damit zusammen, daß dieser Ort in seiner Novelle bzw. in seinem Novellenentwurf nicht vorkommt. Außerdem war Kampen damals noch nicht der bekannte Treffpunkt der Schriftsteller und Maler. Das Dorf zählte zu Storms Zeit nicht mehr als 25 Häuser[49], und z. B. Ferdinand Avenarius (der mit Storm Anfang der 1880er Jahre korrespondiert hat)[50] hat sein Haus „Ulenkamphof" dort erst im Jahre 1903 erbaut.

Die Tagebuch-Notizen über seine Sylt-Exkursionen hat Storm am 17. August unterbrochen, um auf zweieinhalb Seiten Abzählreime, wie sie im Volk, besonders von Kindern gebraucht wurden, einzutragen. Es sieht so aus, daß die Anregung dazu von Storm ausgegangen ist. Einleitend nämlich skizziert er die Situation: „17. August: Morgens. Zwischen Frau Elise Pollaczek und deren Bruder Präsident v. Tiedemann; sie diktieren: ...". Eine Reimgruppe dieser damals diktierten, bislang nicht veröffentlichten Abzählreime drucken wir hier – als Beispiel für die anderen – wörtlich in ihrer plattdeutschen Sprachform ab und fügen die hochdeutsche Übersetzung hinzu:

Such, such, such nå Mölen
Peter up dat Föhlen,
Anna up de bunte Koh
Lieschen up de Steert bito,
So riden se nå Mölen to.
Un as se nu nå Mölen komen,
Da weer da nümms to Huus,
As de Fleddermuus.
De Fleddermuus,
De fegt dat Hus;
De Katt de wischt de Schötteln,
De Fleeg de melkt de Ko,
Und achter in de Schünen,
Da döschen twee Kapünen,

Da slachten se Swien,
Da drunken se Wien,
Da schall min Lyt. Peter
Sin Hochtid up sien.

⟨Erläuterung von Storm:⟩
(Wenn die Herrschaft nicht zu Haus ist)

Such, such, such zur Mühle hin
Peter auf dem Fohlen,
Anna auf der bunten Kuh
Lieschen auf dem Hinterteil dabei,
So reiten sie zur Mühle hin.
Und als sie nun zur Mühle kamen,
Da war niemand zu Haus,
Als die Fledermaus.
Die Fledermaus,
Die fegt das Haus;
Die Katze, die wischt die Schüsseln,
Die Fliege, die melkt die Kuh;
Und hinten in der Scheune,
Da dreschen zwei Kapaune ⟨Hähne⟩,
Da schlachten sie das Schwein,
Da trinken sie Wein,
Da soll mein Klein-Peter
Seine Hochzeit sein.

⟨Erläuterung von Storm:⟩
(Wenn die Herrschaft nicht zu Haus ist)

Ob und an welcher Stelle Storm solche Abzählreime in seine Novelle einfügen wollte, dafür gibt es im Novellenentwurf keine Anhaltspunkte. Aber so wie die nachgetragene Pudelszene offensichtlich im Hause des Landvogts spielen sollte (vgl. S. 41), so könnten auch Abzählreime für eine Landvogtei-Szene vorgesehen sein.

Zwei Örtlichkeiten waren für Storm und für die weitere Arbeit an der Sylter Novelle besonders wichtig: die alte Landvogtei in *Tinnum* (denn der Landvogt und seine Tochter gehörten ja zu den Hauptpersonen seiner Novelle) und das Haus des Lehrers und Sagensammlers C. P. Hansen in *Keitum*, das sogenannte „Altfriesische Haus“ (damals wie heute Museum: Abb. 33). In einem Brief Storms an seine Frau Do vom 18. August 1887 erfahren wir über seinen Besuch in Keitum Näheres:

> Gestern waren wir in dem großen schönen Dorfe Keitum, wo mich besonders die Sammlungen („Das Museum“) des alten verstorb. Küsters Hansen interessiren, die dessen Wittwe uns zeigte. Ich sagte ihr (sie war seine 3te Frau) daß ich damals in Schleswig-Holst. Volkskalender der Kamerad ihres Mannes gewesen sei, worüber die Alte ganz gerührt wurde.

33. C. P. Hansens Wohnhaus in Keitum, das sog. Altfriesische Haus (Storm-Archiv). Storm an Frau Do am 18. 8. 1887: ‚wo mich besonders die Sammlungen (‚Das Museum') des alten verstorb. Küsters Hansen interessiren.“

Stichwortartiger sind die Notizen in seinem Tagebuch (19. 8.):

Gestern mit Tiedemann und Pollacsecks nach *Keitum* (in der Friesen-Halle Kaffee getrunken; Hansens Museum, dessen alte Witwe, das Bild, das keusche, seiner ersten Frau; Besuch beim Landvogt Hübbe).

Storm hat das von ihm schon damals als „groß“ und „schön“ bezeichnete Dorf Keitum (das zu Storms Zeit zusammen mit Munkmarsch bereits aus 194 Häusern bestand)[51] offenbar mit dem Ziel aufgesucht, dem Haus des Sylter Chronisten und Lehrers C. P. Hansen (1803–1879) einen Besuch abzustatten. Das geschah in Erinnerung an die Zusammenarbeit mit dem Sagensammler C. P. Hansen in den Jahren 1842 bis 1845 (vgl. hier S. 26 ff.). Wie sehr Storm Erinnerungen an diese Zeit bewegten, wird daraus deutlich, daß er die Witwe des Sagensammlers ausdrücklich auf diese Zeit angesprochen hat („ich sagte ihr ...“). In erster Linie aber interessierten ihn die „Sammlungen“ und das „Museum“. C. P. Hansen hatte schon zu seinen Lebzeiten Zeugnisse altfriesischer Kultur gesammelt, und so konnte das Haus dem Dichter (und kann das „Altfriesische Haus“ heute noch den Besuchern des Museums) eine gute Vorstellung davon geben, wie es in einem alten Syl-

34. C. P. Hansen: Bild seiner ersten Frau als Braut (geb. 1809) Gondel P. Cornelsen aus dem Jahre 1828. Hier alter Zustand: im Museum „Altfriesisches Haus“ über der Familientruhe von 1761 (Alte Postkarte im Storm-Archiv). Storm im Tagebuch: „das Bild, das keusche, seiner ersten Frau“ (vgl. das hintere Umschlagbild)

ter Friesenhaus aussah. Das war eine gute Voraussetzung für anschauliche Schilderungen in der „Sylter Novelle“!

Das „keusche“ Bild der ersten Frau, von dem Storm in seinem Tagebuch spricht (s. o.), hing damals über der alten Familientruhe von 1761 (Abb. 34)[52]. Storm war wahrscheinlich nicht nur persönlich von diesem Bild berührt (er hatte ja – wie wir wissen – von Jugend an eine gewissen Schwäche für junge, keusche Frauen[53]); er hat das Bild und den Eindruck, den es auf ihn machte, wohl auch deshalb im Tagebuch festgehalten, weil er entsprechende Eindrücke und Gestalten in seiner Novelle benutzen wollte.

Auch an dem Landvogt Johannes Hübbe, den er in Keitum besucht hat, hatte Storm nicht nur persönliches Interesse; wahrscheinlich haben ihn die Aufgaben der Sylter Landvögte (Storm war selbst von 1864–1867 Landvogt in Husum gewesen) und besondere Vorfälle zur Zeit der früheren Landvögte im Hinblick auf seine „Sylter Novelle" interessiert, zumal ein Sylter Landvogt und dessen Tochter Hauptpersonen dieser Novelle werden sollten. Erst unter Johannes Hübbe war die Sylter Landvogtei 1875 von Tinnum nach Keitum verlegt worden. Wie gesagt, die alte Landvogtei lag in *Tinnum*, und der alten Landvogtei galt Storms besonderes Interesse (Abb. 35). Eine entsprechende Tagebuchnotiz ist unter dem 19. August eingetragen:

> Auf dem Weg nach Keitum die alte Landvogtei besichtigt bei Tinnum ⟨,⟩ 1748 erbaut. (Die Bäume im Garten. Die Sonnenuhr. „Una ex hisce morieris" ⟨lat.: „in einer von diesen Stunden wirst du sterben"⟩. – Die alte Tinnumburg.)

Mit dem Verweis auf die Geschichte des Hauses (es wurde 1748 vom Landvogt Matthis Matthiessen erbaut[54]) und mit den Stichworten „Garten", „Sonnenuhr" und „Tinnumburg" skizziert Storm einen der Hauptschauplätze seiner zukünftigen Novelle. Das wird durch eine Stelle aus dem Brief Storms an seine Frau vom 17. August 1887 bestätigt, wo er schreibt, daß er „auf halbem Wege" nach Keitum „die alte Landvogtei" besichtigt habe, „die in einer demnächstigen hier spielenden Novelle vorkommt". Mit der „demnächstigen Novelle" ist natürlich die „Sylter Novelle" gemeint.

Eine Szene, die in der „Tinnumburg" spielen könnte, gibt es im Novellenentwurf nicht. Dieser sagenumwobene, mächtige Ringwall, der sich sieben Meter über dem niedrigen Marschland, dem „Döplem", erhebt und bis heute die Touristen anlockt, hat den Dichter aber immerhin zu einer Tagebuchnotiz veranlaßt. Vielleicht sollte ihn diese an einen möglichen Novellenschauplatz erinnern (die Tinnumburg" liegt nicht weit – ca. 800 Meter – von der alten Landvogtei entfernt).

35. Die alte Landvogtei in Tinnum (Storm-Archiv). Storm an seine Frau am 17. 8. 1887 aus Sylt: „Landvogtei, die in einer demnächstigen hier spielenden Novelle vorkommt“

Weder im Tagebuch noch in seinen Briefen erwähnt Storm einen Schauplatz, der im Novellenentwurf selbst eine bedeutsame Rolle spielt: das „Dünental“, wo „über 20 Pfähle“ „im Sande eingerammt“ sind. Diese Pfähle bezeichnen nach Storms Vorstellung die Stellen, an denen man die Leichen der von der Flut angespülten Ertrunkenen oder der am Strand erschlagenen Schiffbrüchigen verscharrt hat. Storm kannte offensichtlich Julius Rodenbergs Darstellung, wo es heißt („Stillleben auf Sylt“, 3. Aufl. 1876, S. 76 f.):

Früher wurden die Leichen, die wir auf unserem Sande fanden, in den Dünen verscharrt. Es war eine alte Sage, daß man diejenigen, welche das Meer von sich wirft, auch nicht ehrlich, wie andere Christen, be-

36. Westerland: Eingang zur „Heimatstätte für Heimatlose“, wo seit 1855 die „angespülten Leichen Fremder“ begraben wurden. Storms „Sylter Novelle“ spielt vor 1855, als die angespülten Leichname der „Heimatlosen, der Gestrandeten und Erschlagenen“ noch am Strand vergraben und die Grabstellen nur mit „Pfählen“ bezeichnet wurden (Storm-Archiv)

graben dürfe. Da machte man denn ein Loch unter der Düne und legte den fremden Toten hinein, ohne Sarg, wie man ihn gefunden.

Auch C. P. Hansen berichtet in der „Chronik der friesischen Uthlande“ (S. 186), daß um 1812 „alle angespülten Leichname Fremder in den Dünen oder am Ufer eingescharrt ⟨wurden⟩“.

Seit 1854/55 hat dann der Strandvogt Wulf Manne Dekker dafür gesorgt, daß die angespülten Leichen auf einer „*Heimatstätte für Heimatlose*“ begraben wurden (bis heute erhalten in Westerland, Ecke Elisabeth- und Käpt'n-Christiansen-Straße, vgl. Abb. 36). Storms Formulierung im Novellenentwurf „da liegen die Heimatlosen⟨!⟩, die Gestrandeten, die Erschlagenen“ (S. 40) zeigt, daß er um das frühere Schicksal der „Heimatlosen“ wußte und daß er den Westerländer Friedhof für „Heimatlose“ aufgesucht hat. – –

Mit Hilfe der Stormschen Brief- und Tagebuchstellen und angesichts des vorliegenden Novellenentwurfs hat sich ein schauliches Bildes von den Bemühungen des Dichters um Details für seine „Sylter Novelle“ ergeben. Man kann ihm während seines Sylt-Aufenthalts sozusagen bei seiner Arbeit „über die Schulter“ schauen und ihn bei seinen Vorbereitungen für die „demnächstige“ Novelle beobachten.

Die vorzeitige Abreise

Theodor Storm hat die Insel Sylt, obwohl er ursprünglich drei Wochen bleiben wollte[55], schon nach 10 Tagen wieder verlassen: Am 9. August war er angekommen, am 20. August hat er zusammen mit Tiedemann die Heimreise über Hoyer und Husum nach Haus, also nach Hademarschen, angetreten. Möglicherweise hatte ihm die intensive Erkundung der „Sageninsel Sylt“ das Gefühl gegeben, daß er für die „Sylter Novelle“ genügend Anschauungsmaterial gesammelt und für den „Schimmelreiter“ genügend Nordsee-Atmosphäre in sich aufgenommen habe. Ferdinand Tönnies allerdings kommentierte den Abbruch des Sylt-Aufenthalts in einem Brief an den Pädagogen und Philosophen Friedrich Paulsen vom 3. September 1887 so: „Storm ist schon längst fort, ihn faßte am rauhen Gestade das Heimweh“.[56] Ähnliches deutet Storm selbst in einem Brief an seine Frau (16. 8. 87) an: „Das Leben ohne Dich will nicht recht mehr. Und dann wollen wir glücklich miteinander sein, eine Weile wird es ja noch gehen.“

Aber es war nicht das Heimweh allein, das ihn nach Hause trieb. Eine gewisse Lebensmüdigkeit ist spürbar, die sich auf dem Wissen gründet, daß das Leben zu Ende geht („eine Weile wird es ja noch gehen“). Noch deutlicher wird Storm seinem Dichterkollegen Wilhelm Jensen gegenüber, und zwar in einem Brief, der Ende August 1887 geschrieben ist[57] und in dem er das Fazit seines Sylt-Aufenthalts zieht:

> Zehn Tage war ich auf der Sageninsel Sylt, wo ich auch die alte, von ihren Bewohnern zur Zeit verlassene Landvogtei besuchte; ‚una ex hisce morieris‘, stand auf der Sanduhr des Hausgiebels, der sich nach der Gartenseite wendet. Ja, morieris dachte ich; denn es ist Zeit, jetzt daran zu denken. Von meiner Krankheit an – Krankheiten wäre richtiger – hat das Greisenalter bei mir begonnen, und dieses Alter, das die Schaffenskraft verzehrt, vor dem schaudere ich ein wenig. Zwar schrieb ich und ohne große Mühe vom 15. März bis 20. Mai noch eine Novelle ⟨„Eine Bekenntnis“[58]⟩; aber es war, wie einem verpflanzten Baum die Muttererde oder die aus dieser entnommene Kraft noch eine

Zeitlang fröhlich treiben läßt, bis er in dem neuen schwächeren Boden allmählich verkümmert. Es will jetzt nicht mehr, und ich muß zufrieden sein.

In ähnlicher Weise bekannte Storm um dieselbe Zeit seinem Berliner Freund Ludwig Pietsch (31. 8. 87), daß er „das Vertrauen zum Leben verloren" habe. In Storms Seelenzustand also wird deshalb der tiefere Grund für den vorzeitigen Abbruch des Sylt-Aufenthalts zu suchen sein. Storm konnte auf Sylt offenbar die „fröhlich treibende Kraft" (vgl. an Jensen) nicht zurückgewinnen und die Furcht vor dem „morieris" (du wirst sterben) nicht ablegen. Er strebte nach Hause, in der Hoffnung, dort – bei seiner Frau und in den eigenen vier Wänden – einen Halt finden und produktiv weiterarbeiten zu können.

Sylt – eine schöpferische Pause vor der Vollendung des „Schimmelreiters“?

Nach seinem 70. Geburtstag hat Storm wieder angefangen, am „Schimmelreiter“ zu arbeiten. Das letzte Kapitel, das vor seiner Abreise nach Sylt fertig geworden war, hatte er als ein „wunderlich mir angenehmes Kapitel“ bezeichnet (an Heyse, 4. 5. 87). Es handelt sich dabei offenbar um die Szene, in der Elke dem Oberdeichgrafen Hauke Haien als Nachfolger ihres Vaters vorschlägt und mitteilt, daß sie ihrem Bräutigam noch vor der Hochzeit ihre Güter übertragen und ihn damit zum „reichsten Mann im Dorfe“ machen werde. Der Oberdeichgraf selbst kommentiert diesen Vorgang als *wunder*sam: „daß ein Deichgraf von solch junger Jungfer gemacht wurde, das ist das *Wunder*bare an der Sache!“ (= LL III, 687; Kursiv-Hervorhebungen von mir).

Daß diese Szene die letzte, von Storm vor dem Sylt-Aufenthalt fertiggestellte Szene ist, ergibt sich aus einem Brief an Heyse vom 20. Oktober 1887. Dort erfahren wir, daß der „Schimmelreiter“ „bis S⟨eite⟩ 92 der Reinschrift gediehen“ und Hauke Haien „auf diesen 92 S⟨eiten⟩ zum Deichgrafen geworden“ ist. Wie ein Blick in die in der Schleswig-Holsteinischen Landesbibliothek aufbewahrte Reinschrift zeigt, endet auf Seite 92 das oben genannte „wunderlich“ Kapitel, in dem Hauke Haien zum Deichgrafen „gemacht“ wird.

Bereits Anfang November ist die Reinschrift auf „126 S⟨eiten⟩ Oktavpostpapier à 21 Reihen gewachsen“ (so an Lisbeth 1. 11. 87). Daraus ergibt sich, daß Storm in kurzer Zeit einen großen Schritt vorwärts getan hat. Denn von Seite 92 bis Seite 126 der Reinschrift ist es dem Dichter gelungen, das zu erreichen, was er sich am 20. Oktober vorgenommen hatte (so an Heyse): „aus dem Deichgrafen ein Nachtgespenst zu machen“. Der Held der Geschichte ist auf diesen Seiten ein ‚Schimmel-Reiter’ und in den Augen der Leute – ein ‚Gespenst‘ geworden: Hauke Haien hat vom Pferdemarkt einen Schimmel mitgebracht (Reinschrift: S. 116 ff.), in dem – nach der Meinung des Knechtes Iven – „der Teufel steckt" (S. 125) und in dem das „Pferdsgerippe auf Jeverssand" (S. 124) wiedererstanden ist (in LL III, 687–706).

Am 3. Dezember 1887 sind außer 126 Seiten Reinschrift noch – wie Storm Wilhelm Petersen berichtet – „ca 30 S⟨eiten⟩ Concept" vorhanden. Diese Konzeptblätter sind nicht erhalten. Aber wenn man diese auf die Reinschrift umrechnet[59], dann ist Storm Anfang Dezember 1887 etwa bis zu der Szene vorangekommen, wo der neugeschaffene Koog zum erstenmal „Hauke-Haien-Koog" genannt wird (Reinschrift: S. 164 = III, 725).

In der Bewältigung so zentraler Novellenabschnitte innerhalb weniger Wochen (20. Oktober bis 3. Dezember) manifestiert sich ein erstaunlicher Kreativitätsschub, der im Gegensatz zu dem vom Dichter empfundenen Nachlassen der Kreativität vor dem Sylt-Aufenthalt steht. Storm hatte offenbar den „Elan", dessen Fehlen er vor dem Sylt-Aufenthalt beklagt hatte (vgl. Anm. 10 u. 11), wiedergewonnen. Im Nachhinein erscheint der Sylt-Aufenthalt so geradezu als die schöpferische Pause, die Storm benötigte, um am „Schimmelreiter" kreativ weiterarbeiten zu können.

Zwar hat er während des Sylt-Aufenthalts die Angst vor dem Sterbenmüssen und vor dem Nachlassen der Schaffenskraft nicht besiegen können; aber nach dem Sylt-Aufenthalt, bei der Beschäftigung mit „seinem" Sagenstoff, dem „Schimmelreiter"-Stoff, ist er sich offenbar seiner kreativen Kraft wieder bewußt geworden. Sylt-Eindrücke wie das Meer und die Sagenstimmung, die für ihn über der Insel lag, mögen den Kreativitätsschub gefördert haben. Auch die gewohnte Arbeitsatmosphäre in seinem Hademarscher Studierzimmer sowie das Gefühl des „Gut-Aufgehobenseins" im vertrauten Familienkreise haben sich sicherlich positiv auf das Wiedererstarken der Schaffenskraft des todkranken Dichters ausgewirkt.

Storms Kreativität hat sich auch in den nächsten Wochen erhalten: Obwohl „Magendruck und Krampf in der Brust" ihm „nur Vormittags ein paar Stunden zur Arbeit" ließen[60], konnte er am 9. Februar 1888 die Arbeit am „Schimmelreiter" abschließen.

Als Fazit unserer Untersuchung ergibt sich somit: Der Sylt-Aufenthalt Storms hat mit dazu beigetragen, daß der Dichter seine größte Novelle „Der Schimmelreiter“ vollenden konnte. Der Entwurf zur „Sylter Novelle“ aber ist unbearbeitet und unvollendet in Storms Schreibtisch liegengeblieben.

Sylter Sagen

(aus den Sammlungen von C. P. Hansen)

Pidder Lüng
Niß Ipsen
Der Dikjendälmann
P. C. Lund und Maiken Peter Ohm
Das Licht der treuen Schwester (zwei Fassungen)

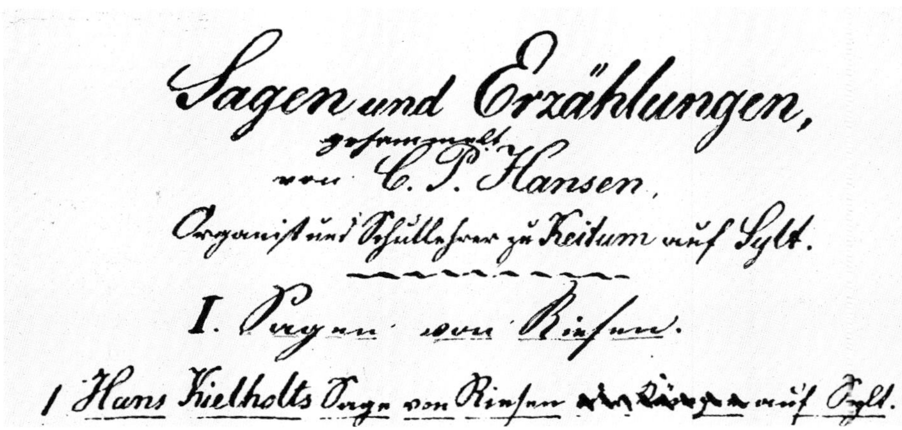
Sagen und Erzählungen,
gesammelt
von C. P. Hansen,
Organist und Schullehrer zu Keitum auf Sylt.
I. Sagen von Riesen.
1 Hans Kielholts Sage von Riesen auf Sylt.

37. C. P. Hansen: Handschriftliches Manuskript der Sylter Sagen, die Hansen für Storm und Müllenhoff für deren Sagensammlung zur Verfügung stellte. Erste Abteilung: Sagen von Riesen. Ausschnitt mit der Überschrift: „Sagen und Erzählungen gesammelt von C. P. Hansen, Organist und Schullehrer zu Keitum auf Sylt". (Archiv der Humboldt-Universität, Berlin)

Pidder Lüng

Er ⟨Pidder Lüng⟩ war unterdeß groß und stark geworden, half bereits beim Fischfang, lief aber nicht mit den übrigen, nachgerade in Sünden und sinnlichen Genüssen grau gewordenen Fischern nach den Mädchen, oder um tolle Streiche in der Nacht auszuüben, umher, sondern ging gewöhnlich für sich allein in den Dünen auf Hörnum. Eines Abends bei hellem Mondschein und mildem Wetter stand er einsam auf der Stätte, wo das Haus seines Großvaters im Wardünthal einst gewesen, in Gedanken vertieft. Es war um die Zeit, als der Priester Georg besonders ingrimmig gegen die Hörnumer wüthete, als er veranlaßt hatte, daß die Vögte gekommen waren, welche die alten Freiheiten und Rechte der Sylter zu unterdrücken strebten. Da kam es ihm vor, als ob eine händeringende weinende Gestalt auf dem Heerdsteine des alten, verbrannten Hauses saß. Je länger er die Gestalt anschauete, desto bestimmtere Züge nahm sie an, desto mehr überzeugte er sich, daß er ein wirkliches Wesen vor sich sah. – „Wer bist du?" fragte er endlich. – „Ich bin die Stavenhüterin. Wo fromme, freie Menschen gewohnt haben, da bewache ich die Stätte, wo sie geweilt, damit der Ort nicht durch Lug und Trug, durch Unrecht und Unterdrückung entweihet werde. O, daß Jens Lüng noch lebte in dieser Zeit!" – „Warum?" sprach Peter. „Jens Lüng war mein Großvater." – „Ach," sprach das händeringende Weib, „möchtest du ihm ähnlich sein, zu wehren mit festem männlichem Sinn dem Greuel der Verwüstung, der über Friesland immer mehr hereinbricht, und zu retten von den Tugenden und Freiheiten der Vorfahren, was noch zu retten ist, oder, wenn du nicht siegen kannst, wie ich fürchte, im Kampfe unter zu gehen nach alter Weise: fuar: Lewwer duad, üs Slaaw!" *) – Peter schwur, tief erschüttert: „Jaa, Lewwer duad, üs Slaaw! Ich will in die Fußstapfen meines Großvaters treten, so gut ich's kann und verstehe, so wahr mir Gott helfe!" – Darauf verschwand die Fee (...) – Damals gingen unterdeß Jahre hin und änderten nichts. Eines Tages aber hatte Peter, der jetzt schon gegen 26 Jahre zählte, für seine alte Mutter, die wie sein alter Vater besonders gern Grünkohl aß, obgleich dieses Küchengewächs

*) Denn: Lieber todt, als Sklave!

auf Hörnum nicht gedeihen wollte, eine große Fracht Kohl von Westerland, wo die Familie gute Freunde hatte, geholt und auf seinem Rücken heimgetragen, den Eltern zu Liebe. Die Mutter hatte den Kohl am folgenden Tage gekocht und alle Drei freuten sich auf das Gericht, saßen eben rings um den Tisch, um sich in Frieden den herrlichen Kohl wohlschmecken zu lassen. Da öffnete sich die Thür ihres Hauses und es trat ein vornehmer junger Mann in kostbarer Kleidung in die Stube. In seinem Gefolge war der alte falsche Pastor Georg, der Landvogt der Insel und der Strandvogt von Rantum. Der vornehme Herr grüßte nicht, sondern sagte: „Wohnt hier das Gesindel, welches Gott und der hohen Obrigkeit trotzt?“ – Die alte Kressen ließ vor Schreck den Löffel fallen, Peter zerbrach den seinigen vor Wuth und knirschte mit den Zähnen. – Nachdem der langsame alte Jacob sich besonnen, antwortete er: „Wir sind kein gottloses Gesindel, sind ehrliche Fischerleute und niemandem etwas schuldig. Wer seid ihr aber, der ihr in das Haus eines freien Friesen einzudringen wagt, wie es scheint nicht in guter Absicht?“ – „Wer ich bin, alter Trotzkopf, das will ich dir gleichen zeigen. Ich bin hierher gesandt im Namen Sr. Majestät des Königs Christian I. und meines Herrn Vaters, des Amtmanns Henning Pogwisch in Tondern, um euch eures Ungehorsams wegen zu strafen und alles andere trotzige und hochmüthige Gesindel hier auf Sylt zu bändigen. Ihr scheint hier noch keine Ahnung davon zu haben, welche Gewalt die Obrigkeit besitzt, noch wie ihr als Unterthanen euch gegen sie zu verhalten habt. Das will ich euch lehren, ihr freien friesischen Kohlfresser, die ihr Abgaben mit Rochenstacheln zu bezahlen euch erfrechet.“ – Georg schien tief gerührt zu sein über diese Worte und setzte feierlich hinzu: „Was der Diener Gottes lehrt und die hohe Obrigkeit thut, ist alles recht und alles gut!“ – Dem jungen Pogwisch überkam bei diesen Worten eine starke Unwandlung zum Husten und zugleich eine unwiderstehliche Neigung, seinem Spott und einer hochmüthigen Laune Luft zu machen. Er spuckte in dieser unglücklichen Aufwallung in die Kohlschüssel der Friesen. – Da war die Geduld der jungen, bisher stille gebliebenen Pidder Lüng zu Ende. Er stand auf glühend vor Zorn, alle Glieder zitterten ihm. Er rief: „Wer in den Kohl spuckt, soll ihn fressen!“ – erfaßte mit riesiger Kraft den Nacken des jungen Pogwisch und drückte ihm das Gesicht in den heißen Kohl, bis der junge Tyrann erstickte.

(aus: C. P. Hansen, Sagen und Erzählungen der Sylter Friesen, Garding: 1875, 2. Aufl., S. 182–185)

Niß Ipsen

Von Niß Ipsen aus der Wiedingharde oder dem Admiral Nil de Bombell in Holland.

Der berühmte niederländische Admiral Niß de Bombell oder, wie er eigentlich hieß, Niß Ipsen war in der Wiedingharde von armen Eltern geboren. Er diente, als er erwachsen war, als Knecht bei dem derzeitigen Hofbesitzer (wahrscheinlich Johann Hinrich Heyßinger) auf Bombüll in dem Kirchspiel Klanxbüll und zwar zu einer Zeit, als schwedische Truppen (wahrscheinlich unter Steenbock um 1713) ins Land gefallen waren. Auf dem Hofe Bombüll diente zu gleicher Zeit ein Mädchen Namens Grethe, welches sich nicht blos durch Schönheit sondern mehr noch durch Fleiß, Treue und Sanftmuth auszeichnete und die Liebe des tüchtigen Niß Ipsen gewann. Er warb um das Herz und die Hand der Jungfrau und erhielt die aufrichtigsten Versicherungen ihrer Liebe. Doch nur zu bald trat eine Störung ihres beiderseitigen Glückes ein. Ein in der Gegend des Hofes einquartirter schwedischer Offizier verliebte sich ebenfalls in das Mädchen, suchte jedoch, da seine Liebe von unedler Art war, das unschuldige Landmädchen zu verführen. Bei einem solchen Unternehmen des Offiziers ertappte ihn einst Niß Ipsen. Da entbrannte der redlich liebende Friese in seinem Zorn, sprang durch das Fenster in die Kammer seiner Braut und erstach den Schweden. Um seines Lebens sicher zu sein, mußte er aber sofort nach geschehener That flüchten. Er lief zuerst nach Hamburg; als er aber auch hier sich nicht sicher glaubte, ging er nach Amsterdam. In dieser Stadt angekommen, entging der unerfahrene Landmann nur mit genauer Noth den Schlingen der Seelenverkäufer. Er flüchtete endlich auf das Schiff eines holländischen Ostindienfahrers und trat als freiwilliger seine erste Seereise an. Er machte als Matrose mehrere Reisen nach Ostindien, erwarb sich bald viele Kenntnisse vom Seewesen, zeichnete sich in mehreren Seegefechten aus und erschlug persönlich einen sehr gefürchteten Seeräuber der damaligen Zeit –

der Sage nach den großen Morgan, den gefährlichsten der Flibustiere. – Nach solchen Taten stieg Niß Ipsen von Stufe zu Stufe; er wurde zum Capitain eines Kriegsschiffes und endlich zum Admiral in holländischen Diensten befördert. Als er Admiral geworden war, schrieb er an seine trauernde, daheim gelassene, ihm jedoch noch immer treu gebliebene Braut, forderte sie auf, zu ihm nach Holland zu kommen und sich mit ihm ehelich zu verbinden, sandte auch zugleich ein Fahrzeug zu ihrer Abholung mit. Nach langem Suchen fand man die Braut des Admirals als Dienstmagd in dem Dorfe Emmerlef. Sie folgte dem Rufe ihres Geliebten, reisete nach dem Haag und wurde die glückliche Gattin des Admirals Niß de Bombell, wie er sich nach seinem Geburtsorte hatte nennen lassen. *(aus: C. P. Hansen, Die Friesen, Szenen aus dem Leben, den Kämpfen und Leiden der Friesen, besonders der Nordfriesen, Garding, 2. Aufl. 1876, S. 143–145)*

Der Dikjendälmann

In der Gegend des alten Eidums auf Silt liegt das Dünenthal Dikjendäl. Hier strandete einst in einer Sturmnacht (man sagt in der Christnacht des Jahres 1713) ein in Archsum wohnender Schiffer. Mit großer Gefahr und Mühe rettete er sich und seinen Geldkasten auf den heimatlichen Strand und hoffte einen menschenfreundlichen Landsmann zu finden, der sich seiner annehmen, ihn erquicken und zu den Seinigen führen würde. Doch raubgierige Strandläufer hatten seine Ankunft und seinen Geldkasten bemerkt und statt sich seiner anzunehmen fielen sie mitleidslos über ihn her, schlugen ihn mit ihren Knitteln zu Boden und verscharrten ihn in den Sand. Noch einmal richtete sich der Sterbende wieder empor, doch die Unmenschen traten mit Gewalt den Kopf des Unglücklichen in den weichen Grund, hieben seinem stets wieder aufstrebenden rechten Arm die Hand ab und schleppten den Geldkasten davon. Seit der Zeit wandert, den blutigen Stumpf des abgehauenen Armes emporrichtend und Gerechtigkeit fordernd, allnächtlich in jenem Dünenthale, wo der Mord geschah, ein Gespenst umher, das nach dem berüchtigten Thale der Dikjendälmann genannt wird.

(Herr Hansen im Volksbuch, 1844. S. 102).

(aus: Sagen, Märchen und Lieder der Herzogtümer, hg. von Karl Müllenhoff, Kiel 1845, S. 175, Nr. 239)

P. C. Lund und Maiken Peter Ohm

In dem folgenden minder strengen Winter, im Januar 1815, kehrten ebenfalls mehrere, lange abwesend gewesene Seefahrer und Krieger über das Eis nach den Inseln zurück. Unter andern ein alter Seefahrer der Inel Sylt, Namens Paul Cornelsen Lund, der in seiner Jugend allerlei Liebesabenteuer mit mehreren Mädchen auf seiner Heimathinsel gehabt, auch mindestens einem die Ehe versprochen hatte. Er hatte später fast alle Meere der Erde durchschifft, hatte viele Erfahrungen gemacht, viele Länder und Seestädte besucht, war auf manche seltsame Wege und Abwege gerathen, soll in seinem Unmuth oder Uebermuth sogar einst geschworen haben, seine Heimathinsel nie wieder betreten zu wollen. Die von ihm schmählich verlassene Braut daheim war unterdeß schwermütig geworden, wahrscheinlich in Folge seines steten Wegbleibens. Gleichwohl war er durch vielfältiges Mißgeschick nach 22jähriger Abwesenheit in seinen alten Tagen genötigt worden, die Heimath nochmals aufzusuchen und dort seine Zuflucht zu nehmen. Jedoch nach einem langen, erschöpfenden Marsche im Januar 1815 auf dem Eise über die Watten und Wattströme, die ihn nur noch von seiner Insel schieden, blieb er einige hundert Schritte außerhalb der Ostspitze Sylts ermattet und erfroren auf dem Eise liegen, ohne die Heimath erreichen zu können, so daß sein Schwur dennoch zur Wahrheit wurde. Lange Jahre nach seinem Tode wanderte ein altes, wahnsinniges Frauenzimmer noch alle Morgen nach der Landvogtei auf Sylt, um dort Erkundigungen über ihren einstmaligen Geliebten, Paul Cornelsen Lund, einzuholen, dessen Rückkehr die arme Verlassene noch immer erwartete. Erst im September 1832 wurde diese Unglückliche durch den Tod von ihren geistigen und körperlichen Leiden erlöset. Der Name dieser merkwürdigen Dulderin war Maiken Peter Ohm.

(aus: C. P. Hansen: Das Schleswig'sche Wattenmeer und die friesischen Inseln. Glogau 1865, S. 235 f. ⟨in Storms persönlicher Bibliothek⟩)

Das Licht der treuen Schwester

An dem Ufer einer Hallig wohnte einsam in einer Hütte eine Jungfrau. Vater und Mutter waren gestorben und der Bruder war fern auf der See. Mit Sehnsucht im Herzen gedachte sie der Toten und des Abwesenden und harrte seiner Wiederkehr. Als der Bruder Abschied nahm, hatte sie ihm versprochen, allnächtlich ihre Lampe ans Fenster zu setzen, damit das Licht weit hin über die See schimmernd, wenn er heim kehre, ihm sage, daß seine Schwester Elke noch lebe und seiner warte. Was sie versprochen, das hielt sie. An jedem Abend stellte sie die Lampe ans Fenster und schaute Tag und Nacht auf die See hinaus, ob nicht der Bruder käme. Es vergiengen Monde, es vergiengen Jahre und noch immer kam der Bruder nicht. Elke ward zur Greisin. Und immer saß sie noch am Fenster und schaute hinaus und an jedem Abend stellte sie die Lampe aus und wartete. Endlich war es einmal bei ihr dunkel und das gewohnte Licht erloschen. Da riefen die Nachbarn einander zu: „Der Bruder ist gekommen," und eilten ins Haus der Schwester. Da saß sie da, tot und starr ans Fenster gelehnt, als wenn sie noch hinaus blickte, und die erloschene Lampe stand neben ihr.

Durch Herrn Hansen auf Silt.
(aus: Karl Müllenhoff: Sagen, Märchen und Lieder der Herzogtümer Schleswig, Holstein und Lauenburg, Kiel 1845, S. 163, Nr. 222)

Zum Vergleich drucken wir hier die ursprüngliche Fassung der Sage „Das Licht der treuen Schwester" (s. o.) so ab, wie sie C. P. Hansen aufgezeichnet und wie er sie Storm bzw. Karl Müllenhoff für seinen Band zur Verfügung gestellt hat:

Das Licht der treuen Schwester auf der Hallig

An dem Ufer einer Hallig wohnte einsam in einer Hütte eine Jungfrau. Der Vater und die Mutter derselben waren gestorben und der Bruder war fern hin auf die See hinausgefahren. Mit Sehnsucht im Herzen gedachte sie der Gestorbenen und des Fortgereisten, und nur die Hoffnung, daß dieser bald zurückkehren, sie jene aber dort droben im besseren Vaterlande wiederfinden würde, hielt sie aufrecht. Sie hatte mir rührender schwesterlicher Liebe dem Bruder, als der Abschied nahm, zu-

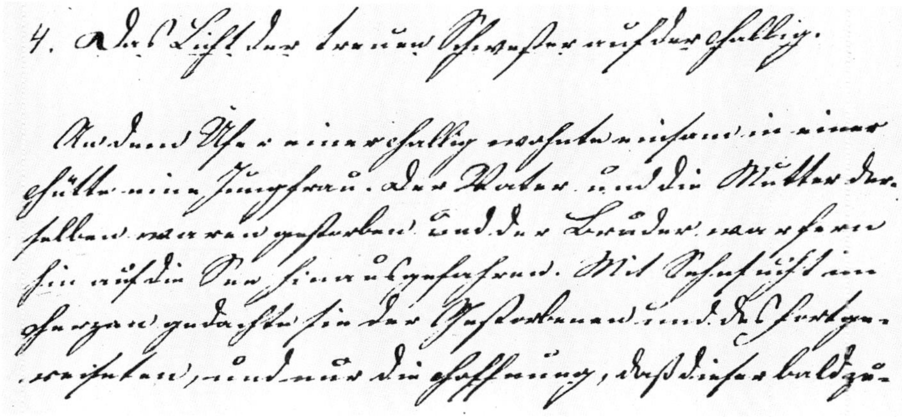

38. *C. P. Hansen: „Das Licht der treuen Schwester auf der Hallig“. Ausschnitt aus dem Manuskript der Sagensammlung C. P. Hansens (vgl. Abb. 37)*

gesagt, daß sie allnächtlich ihre Lampe am Fenster brennen lassen wollte, damit das Licht ihm bei der Heimkehr schon aus der Ferne entgegen leuchten und ihm sagen möchte: „Siehe, Deine treue Schwester Elke lebt noch, wacht und sorgt noch liebend für Dich!“ – – Und was sie versprochen hatte, das hielt sie treulich. An jedem Abende stellte sie die weithin schimmernde Lampe an das Fenster, und lauschte Tag und Nacht, ob der Bruder kommen, sie seine Tritte und seine geliebte Stimme wieder hören möchte. Jedoch, es vergingen Monate und Jahre und noch immer erschien der Geliebte nicht; noch immer kehrte er nicht wieder zu der trauernden Schwester.

Elke wurde zur Greisin, und noch immer saß sie mit rührender Treue am Fenster und erwartete den theueren Bruder; noch immer leuchtete ihre Lampe die schiffbare Straße nach der Hallig im dunkeln Meere. Doch der Bruder kam nicht; er war längt gestorben. – Endlich erlosch ihre Lampe. Die Nachbaren wähnten, es wäre der Bruder so spät noch heimgekehret; jedoch, man fand die treue liebende Schwester todt, ihren Leichnam zur Seite der erloschenen Lampe erstarret ans Fenster gelehnt. Sie war zu dem theuren Bruder und zu den geliebten Eltern ins bessere Vaterland heimgegangen, hat aber sich in der Sage ein unvergeßliches Denkmal auf der Erde hinterlassen.

(Erstdruck nach der Handschrift von C. P. Hansen, die im Archiv der Humboldt-Universität, Berlin, im Müllenhoff-Nachlaß aufbewahrt wird)

Anmerkungen

1) Vergl. die Postkarte von Dr. Aemil Storm an Wilhelm Petersen im Storm-Petersen-Briefwechsel S. 173 f.: „Er ⟨Storm⟩ war nur zeitweilig besinnlich ... Meine Hoffnungen auf Erhaltung des Lebens sind sehr gering."
2) Nach einem bisher unbekannten Brief Storms an seinen Bruder Dr. Aemil Storm vom 30. 3. 1887 (SHLB-Kiel). (Korrektur während der Drucklegung: Inzwischen hat P. Goldammer diesen Brief in den „Storm-Blättern aus Heiligenstadt" 1997, S. 31, veröffentlicht).
3) Zitate aus dem in Anm. 2 genannten Brief an Dr. Aemil Storm.
4) So an seinen Sohn Karl am 5. 6. 1887 („recht glückliche Lösung"). Vgl. Brief an Schleiden vom 1. 6. 1887: „Nach neuester Untersuchung soll das gefürchtete Uebel nicht vorhanden sein; mein Tod hat also sein Gesicht verloren."
5) Nach Briefen an Schleiden vom 1. und 21. 6. 1887, an Heyse vom 15. 7. 1887 und nach der Tagebuch-Notiz vom 17. Juli 1887. Vgl. auch den Kommentar LL III, S. 1030–1033.
6) Zitat aus dem Brief Storms an Dr. Aemil Storm (Anm. 2).
7) Zitate aus dem Brief Storms an Paetel vom 4. 5. 1887 (ungedruckt, SHLB-Kiel).
8) Zitate aus dem Brief Storms an Paetel vom 8. 6. 1887 (ungedruckt, SHLB-Kiel).
9) Zitate aus dem Brief Storm an Paetel vom 22. 6. 1887 (ungedruckt, SHLB-Kiel).
10) Storm schreibt „Elang" statt „élan" (frz.).
11) Zitate aus dem Brief Storms an Paetel vom 20. 7. 1887 (ungedruckt, SHLB-Kiel).
12) Vgl. u. a. Storm an Gottfried Keller am 18. 2. 1879: „Aussicht auf wahrhaft Eichendorffsche Wald- und Wiesengründe".
13) Vgl. u. a. die Gedichte „Die Stadt" und „Meeresstrand", die Novelle „Auf dem Staatshof" sowie Teile der Novelle „Psyche".
14) Die hier und im folgenden angegebenen Daten und geschilderten Ereignisse ergeben sich aus den Briefen Storms an seine Frau Do (STSG 28/1979, S. 34–97) und aus Storms Eintragungen in sein Tagebuch, das sog. „Braune Taschenbuch" (LL IV, S. 556 f.).
15) Zum „Bureau" des Sohnes Ernst vgl. Storms Brief an Tochter Elsabe vom 7. 5. 1887, und allgemein zu diesem Husum-Besuch vgl. die Briefe Storms an seine Frau vom 31. 7., 2. u. 4. 8. sowie vom 6. 8. 1887.
16) Vgl. dazu auch Storms Brief an Schleiden vom 11. 11. 1883: „mich ... mit meinen Träumen (poetischen nemlich) in dem

äußerst behaglichen Bibliotheks- und Gastzimmerchen beisammen zu lassen…, zumal wenn die gute Johanna mir morgens schon ein Feuerchen dort machen darf".

17) Nach entsprechenden Eintragungen W. Raabes in sein Tagebuch vom 8. 8. 1867 und nach: H. W. Peter, Individuum, Familie, Gesellschaft in Th. Storms „Der Schimmelreiter" und in W. Raabes „Die Akten des Vogelsangs", Braunschweig 1982, S. 78 ff.
18) Storm an Ferdinand Tönnies am 22. 7. 1887 („zusammen über Föhr nach Sylt wollen wir Anfang August") und an Frau Do am 6. 8. 1887 („In Föhr bleiben wir ⟨zur⟩ Nacht").
19) Vgl. u. a. Chr. Jensen. Die nordfriesischen Inseln Sylt, Föhr, Amrum und die Halligen vormals und jetzt, Hamburg 1891. Zur Übernahme des Westerländer Strandbades vgl. dort S. 96.
20) Diese Darstellung und die folgenden Angaben gründen sich auf Materialien, die im Husumer Storm-Archiv und im Westerländer Sylter Archiv aufbewahrt werden.
21) Über die Entstehung und die ersten Anfänge des Westerländer Strandbades vgl. u. a. C. P. Hansen („Badeort" S. 196–202) und Chr. Jensen („Nordfr. Inseln" S. 89–99). Zitate eben dort.
22) Angaben nach C. P. Hansen („Fremdenführer" S. 22) und Chr. Jensen („Nordfr. Inseln" S. 94 u. S. 386).
23) Angaben nach C. P. Hansen („Badeort" S. 198) und Chr. Jensen („Nordfr. Inseln" S. 92)
24) Abdruck des „Reglements" bzw. Zitate und Angaben daraus: nach C. P. Hansen („Wattenmeer" S. 273 ff.).
25) F. Tönnies, „Gedenkblätter" S. 65.
26) Vgl. die Badeszenen in „Psyche": LL II, S. 319–324, sowie z. B. den Brief Storms an L. Pietsch vom 12. 7. 1856: „ich bin sehr bade-müde. Was Wasser ist noch sehr kalt".
27) Nach C. P. Hansen („Wattenmeer" S. 275).
28) Beide Begegnungen zeugen von der „Zuneigung" zu Juden, von der Storm in der autobiographischen Skizze „Amtschirurgus-Heimkehr" spricht: „Wer weiß, ob nicht die Freundlichkeit, die du dem Knaben einst erwiesest, den Keim jener Zuneigung gelegt hat, die ich deinem Volke stets bewahrte" (LL IV, S. 168). Vgl. Dieter Lohmeier: Juden in Leben und Werk Theodor Storms, in STSG 43/1994, S. 7–22.
29) Zitate aus den beiden Aufrufen zur Sagensammlung, die Theodor Mommsen, Theodor Storm und dann auch Karl Müllenhoff im Biernatzkis Volksbuch und als Flugbatt veröffentlichten. Vgl. dazu Gerd Eversberg in: Th. Storm, Anekdoten, Sagen, Sprichwörter und Reime, Heide 1994 S. 90–95 (Editionen aus dem Storm-Haus Nr. 6).
30) Ein entsprechender Auszug aus dem Brief von Storms Studienkollegen Carstens an Th. Mommsen vom 24. 11. 1842 ist abgedruckt im Storm-Mommsen-Briefwechsel S. 39.
31) Vgl. G. Eversberg (Anm. 29), S. 98 ff.
32) Eversberg ebendort (S. 101–105).

33) Brief C. P. Hansens an Storm vom 18. 4. 1844, unveröffentlicht im Archiv der Humbold-Universität
34) Eversberg ebendort S. 101.
35) C. P. Hansen an Storm vom 18. 3. 1844, unveröffentlicht im Archiv der Humbold-Universität, Berlin: „da ich es (...) Ihren Herrn Mitarbeitern unbedingt überlasse, wie viel und was Sie von meiner Arbeit benutzen werden".
36) Abgedruckt bei Eversberg (Anm. 29), S. 90/91.
37) Die Briefe Storms an Wilhelm Jensen sind größtenteils verschollen. Aus einigen zitiert W. Jensen in seinen „Storm-Erinnerungen" in: Velhagen und Clasings Monatsheften 1899/1900, II Bd. S 501–512. Aus einem etwa Ende August geschriebenen Brief Storms, den W. Jensen abdruckt (S. 510), wird hier zitiert.
38) Vgl. z. B. die Vorarbeiten zur Novelle „Ein Doppelgänger": LL III, S. 1000–1002.
39) In STSG 18/1969, S. 41–53: „Sylter Novelle". Ein unbekannter Novellenentwurf Theodor Storms, herausgegeben und kommentiert von Clifford Albrecht Bernd/Davis, USA, und Karl Ernst Laage, Husum.
40) Vgl. dazu Franz Stuckert in seiner Storm-Biographie (Theodor Storm. Sein Leben und seine Welt, Bremen 1955), S. 240, und in seinem Aufsatz: Der handschriftliche Nachlaß Theodor Storms und seine Bedeutung für die Forschung, in: STSG 1 (1952), S. 43.
41) Vgl. Storms Tagebuchnotizen im „Braunen Taschenbuch" vom 9. 2., 24. 2., 13. 3., 25. 3. 1888 (LL IV, S. 561–563).
42) Vgl. K. E. Laage, Theodor Storms Dichter-Welt, Heide 1995 (passim).
43) Anzahl der Häuser in Wenningstedt im Jahre 1889 nach Angaben von Chr. Jensen („Nordfries. Inseln" S. 386).
44) Die „Deutsche Gesellschaft zur Rettung Schiffbrüchiger" wurde 1865 gegründet. Einrichtungen für die ersten drei Sylter Rettungsstationen – in Westerland (südlich vom „Schützenhaus"), in Rantum und Kampen – wurden 1868 installiert und in den 70er und 80er Jahren weiter ausgebaut (nach Manfred Wedemeyer: Festschrift zum Jubiläum des Freiwilligen Rettungs-Corps, 1991).
45) Nach C. P. Hansens Angaben ist es in den ersten 70 Jahren des 19. Jahrhunderts auf Sylt zu 114 Strandungsunfällen gekommen, und in 300 Jahren, von 1571–1871 betrug die Zahl der vor Sylt und am Sylter Strand umgekommenen Schiffbrüchigen 373 (C. P. Hansen in einem Brief vom 7. 2. 1872, veröffentlicht von M. Wedemeyer, in: Die Heimat 92 (1985), S. 24–27).
46) Vgl. dazu auch in dem „Aufruf zu Beiträgen für die Einrichtung von Rettungsstationen auf den Deutschen Inseln der Nordsee" vom 21. 11. 1860, wo es u. a. heißt: „Während die Ufer der meisten civilisirten Staaten, soweit sie von der Nordsee bespült werden, Dänemark selbst nicht ausgenommen, den mit der Wuth der Elemente Kämpfenden durch Rettungsstationen wenigstens die

Möglichkeit einer Hülfe vor dem Äußersten bieten, bringen die deutschen Ufer dem Schiffbrüchigen nicht nur keine Hülfe, sondern dieser ist, selbst wenn sein Leben gerettet werden könnte, zu sehen genöthigt, wie einzelne entmenschte Inselbewohner seinen Tod wünschen, um in erbärmlicher Habsucht das sogenannte Strandrecht ausüben zu können!“ (Faksimile des Aufrufs in M. Wedemeyer, Festschrift: Anm. 44, S. 25).

47) Darstellung und Zitate nach C. P. Hansen bzw. aus seinen Büchern („Badeort“ S. 68, „Fremdenführer S. 125).
48) C. P. Hansen („Die Insel Sylt“ S. 81, Anmerkung).
49) Angaben nach Chr. Jensen („Nordfries. Inseln“ S. 386).
50) Vgl. meinen Aufsatz „Theodor Storm und der junge Avenarius“ (in „Studien“, 2. Aufl. S. 104–122).
51) Angaben nach Chr. Jensen („Nordfries. Inseln“ S. 386).
52) Auf der alten Ansichtspostkarte, die einen früheren Zustand im „Altfriesischen Haus“ wiedergibt, hängt das von C. P. Hansen gemalte Bild seiner ersten Frau über der Familientruhe von 1761 (= Abb. 34). Das Original befindet sich heute im Sylter Heimatmuseum in Keitum: vgl. das hintere Umschlagbild.
53) Besonders deutlich in Storms Verhältnis zu Bertha von Buchan. Vgl. Gerd Eversberg: Storms erste große Liebe, Heide 1995 (Editionen aus dem Storm – Haus Nr. 8).
54) Nach C. P. Hansen („Die Insel Sylt“ S. 106) wurde die alte Landvogtei in Tinnum 1748 von dem Landvogt Mathis Matthiessen erbaut. Mit der Angabe, die heute über der Tür des Hauses angebracht ist („Alte Landvogtei Anno 1649“) wird auf die Einrichtung der ersten Landvogtei in Tinnum in einem anderen Gebäude verwiesen, (C. P. Hansen in „Die Insel Sylt“, S. 105).
55) Vgl. z. B. den Brief Storms an seine Tochter Gertrud vom 19. 7. 1887.
56) Zitiert im Storm-Tönnies-Briefwechsel auf S. 375 (Anmerkung).
57) Vgl. Anm. 37.
58) Jensen fügt dem Wort „Novelle“ als Erklärung den Hinweis auf den „Schimmelreiter“ hinzu. In der Zeit zwischen dem 15. März und 20. Mai aber hatte Storm die Novelle „Ein Bekenntnis“ geschrieben (so hier korrigiert).
59) Im allgemeinen werden bei Storm 30 Seiten Konzept zu ca. 40 Seiten Reinschrift.
60) Zitate aus dem Brief Storms an Wilhelm Petersen vom 3. 12. 1887.

Literatur- und Abkürzungsverzeichnis

Theodor Storm: Sämtliche Werke in 4 Bänden, hg. von Karl Ernst Laage und Dieter Lohmeier, Frankfurt a. M. 1987/88 (abgekürzt: LL mit Band- und Seitenzahl oder nur mit Band- und Seitenzahl).

Theodor Storm: Tagebuch „Braunes Taschenbuch“ (1883–1888), in: LL IV S. 533–564.

Theodor Storm: Der Schimmelreiter, Sylter Novelle, hg. von Karl Ernst Laage, Heide, 8. Aufl. 1998 (Editionen aus dem Storm-Haus Nr. 1).

C. P. Hansen: Die Insel Sylt in geschichtlicher und statistischer Hinsicht. Hamburg 1845 ⟨abgekürzt „Die Insel Sylt“⟩.

C. P. Hansen: Der Fremdenführer auf der Insel Sylt. Ein Wegweiser für Badende in Westerland. Mögeltondern 1856 ⟨abgekürzt: „Fremdenführer“⟩.

C. P. Hansen: Chronik der friesischen Uthlande. Altona 1856.

C. P. Hansen: Sagen und Erzählungen der Sylter Friesen, Altona 1. Aufl. Altona 1857, 2. Aufl. Garding 1875.

C. P. Hansen: Friesische Sagen und Erzählungen, Altona 1858.

C. P. Hansen: Die nordfriesische Insel Sylt, wie sie war und wie sie ist, Handbuch für Badegäste und Reisende, Leipzig 1859.

C. P. Hansen: Der Sylter Friese. Geschichtliche Notizen, chronologisch geordnet, Kiel 1860.

C. P. Hansen: Das Schleswigsche Wattenmeer und die friesischen Inseln, Glogau 1865 ⟨abgekürzt: „Wattenmeer“⟩.

C. P. Hansen: Der Badeort Westerland auf Sylt und dessen Einwohner, Garding 1868 (abgekürzt: „Badeort“).

C. P. Hansen: Die Friesen. Scenen aus dem Leben, Kämpfen und den Leiden der Friesen, bes. der Nordfriesen. 2. Aufl. Garding 1876.

C. P. Hansen: Beiträge zu den Sagen, Sittenregeln, Rechten und der Geschichte der Nordfriesen. Deezbüll 1880.

Christian Jensen: Die nordfriesischen Inseln Sylt, Föhr, Amrum und die Halligen vormals und jetzt, Hamburg 1891 (abgekürzt „Nordfries. Inseln“).

Karl Ernst Laage: Theodor Storm, Leben und Werk. Husum 1. Aufl. 1979, 6. erweiterte Aufl. 1993.

Karl Ernst Laage: Theodor Storm, Studien zu seinem Leben und Werk mit einem Handschriftenkatalog, 2. erw. Aufl., Berlin, 1988 (abgekürzt: „Studien“).

Karl Ernst Laage: Theodor Storms Dichter-Welt, Heide 1995.

Julius Rodenberg: Stillleben auf Sylt, 3. verm. Aufl. Berlin 1876.

Ferdinand Tönnies: Theodor Storm. Zum 14. September 1917, Gedenkblätter, Berlin 1917 (abgekürzt: „Gedenkblätter“).

Schriften der Theodor Storm-Gesellschaft, Bde 1–46, Heide: Boyens 1952–1997 (abgekürzt: STSG).

Weitere Literaturangaben in den Anmerkungen.

Auf folgende Briefausgaben wird im allgemeinen nur mit Angabe der Briefschreiber, der Adressaten und des Briefdatums hingewiesen:

Theodor Storm, Briefe an *Dorothea* Jensen, seine zweite Frau, und Georg Westermann, hg. von E. Lüpke, Braunschweig 1942.

Theodor Storm und *Dorothea*, geb. Jensen, hg. von G. Ranft, in STSG 28/1979, S. 34–97.

Theodor Storm, Briefe an seine Kinder (an *Hans, Ernst, Karl, Lisbeth, Lucie, Elsabe, Gertrud, Dodo*), hg. von Gertrud Storm, Braunschweig 1916.

Theodor Storm – Paul *Heyse,* Briefwechsel, Kritische Ausgabe, hg. von Cl. A. Bernd, Berlin, I. Bd. 1969, II. Bd. 1970, III. Bd. 1974.

Theodor Storm – Gottfried *Keller,* Briefwechsel, Kritische Ausgabe, hg. von K. E. Laage, Berlin 1992.

Theodor Storms Briefwechsel mit Theodor *Mommsen,* hg. von H. E. Teitge, Weimar 1966.

Theodor Storm – Wilhelm *Petersen,* Briefwechsel, Kritische Ausgabe, hg. von B. Coghlan, Berlin 1984.

Blätter der Freundschaft. Aus dem Briefwechsel zwischen Theodor Storm und Ludwig *Pietsch*, hg. von V. Pauls, Heide: 2. Aufl. 1943.

Theodor Storm – Heinrich *Schleiden,* Briefwechsel, Kritische Ausgabe, hg. vom P. Goldammer: Berlin 1995.

Theodor Storm und Ferdinand *Tönnies,* hg. von Heinrich Meyer, in: Monatsheft für Deutschen Unterricht, Madison, Wisconsin (USA); XXXII, Nr. 8, Dez. 1940, S. 355–380.

Bei allen Zitaten, aus literarischen Werken, aus Briefen, Chroniken und zeitgenössischen Berichten, werden die Auslassungen durch Punkte (...), Textergänzungen durch spitze ⟨– –⟩, Erläuterungen durch eckige Klammern [– –] gekennzeichnet, Textumstellungen durch runde Klammern (Er ist ....) deutlich gemacht.

Weitere Abkürzungen:

StA	Storm-Archiv, Husum (Wasserreihe 31)
SHLB	Schleswig-Holsteinische Landesbibliothek, Kiel
STSG	Schriften der Theodor-Storm-Gesellschaft (Band/Jahr)
lat.	lateinisch
frz.	französisch

Zur Textherstellung

Theodor Storms Entwurf zur „Sylter Novelle“ wird hier so abgedruckt, wie der Dichter ihn auf den 6 erhaltenen Blättern in Westerland niedergeschrieben hat, mit allen Eigenarten der Schreibweise, zum besseren Verständnis aber mit einigen Ergänzungen in spitzen ⟨...⟩ Klammern.

Sonst werden alle Zitate – auch die Sagentexte im Anhang – in der Schreibweise der Fundstellen, denen sie entstammen, wiedergegeben (also z. B. Heimath, notiren).

Dank

Mein besonderer Dank gilt dem Archiv der Humboldt-Universität in Berlin, dem Sylter Archiv in Westerland, dem Storm-Archiv in Husum und der Schleswig-Holsteinischen Landesbibliothek in Kiel, die meine Forschungen freundlich unterstützt haben. Allen vier Institutionen ist auch zu danken für die Genehmigung der Wiedergabe einer großen Zahl von Abbildungen und Dokumenten im vorliegenden Band (vgl. die Bild-Unterschriften). Den Abdruck des Bildes der ersten Frau C. P. Hansens (hinteres Umschlagbild) erlaubte das Sylter Heimatmuseum in Keitum, in dessen Besitz dieses Bild sich jetzt befindet.